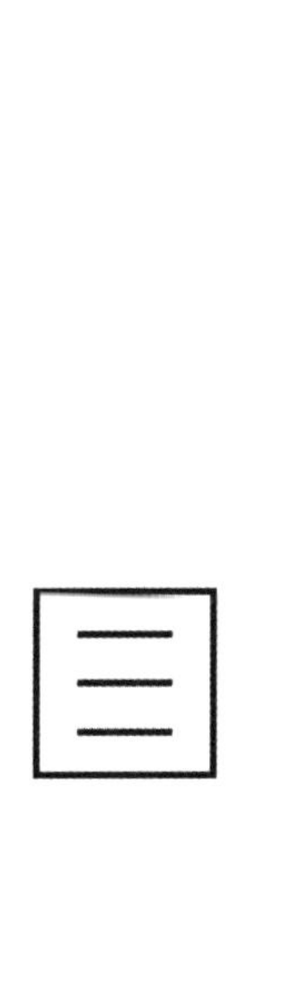

4. Auflage 2020

Umschlag: & Co www.und-co.at
Umschlagmotiv: Gewebe von Susanne Heindl,
fotografiert von Norbert Stadler
Satz: AD
Druck: Theiss
ISBN 978-3-85420-796-2

Literaturverlag Droschl Stenggstraße 33 A-8043 Graz
www.droschl.com

Ilse Helbich

Grenzland Zwischenland

Erkundungen

Literaturverlag Droschl

Mit einem Schlag bin ich sehr alt geworden, in einer Verfassung, die meinen Lebensjahren – ich war 87 – entspricht.

Dieser Zustand ist faszinierend, er interessiert mich jetzt so sehr wie die Geschichten Unbekannter, die ich im letzten Buch festgehalten habe, ehe sie mir wieder wie Rauch zergingen.

Jetzt schreibe ich also über mich – oder doch nicht über mich, sondern über dieses Neue, das da hereingebrochen ist. Unabweisbar.

Ich kann plötzlich nur mit großer Mühseligkeit gehen. Die Beine wollen mir nicht gehorchen, es ist, als wäre in der Hüftgegend eine Art Sperre, die Schmerzen aussendet, wenn sie durch stärkeren Krafteinsatz überwunden werden soll; diese Hemmung zwingt die beiden voneinander wie isolierten Beine in auseinanderstrebende Richtungen. Eine Art Watschelgang muss gewaltsam unterdrückt werden, ebenso das Dahinschlurfen der Schuhe.

Die Augenschwäche verhindert schon lange, Entgegenkommende – auch aus nächster Nähe – zu erkennen. Wo früher ein Gesicht war, ist jetzt ein Oval mit zerfließenden Konturen. Es geschieht, dass die entgegenkommende Figur jäh anhält und mich beim Namen nennt, inzwischen tue ich nicht mehr, als wäre ich unaufmerksam dahingewandert, versunken in meine Spinnereien, jetzt verkünde ich fröhlich, dass ich kaum mehr sehe.

Aber das ist eine Lüge. Ich sehe ja noch. Daheim am Land erkenne ich die Gestalten der Hügel, die jetzt beredter sind, als sie es je waren.

Und die Himmel sind zum Wunder geworden. Wolkengebirge türmen sich, haben manchmal goldene Ränder, als strahle von drüben eine andere, eine in Gold getauchte Welt, eine Anderswelt her. Und zwischen ihren langsam ziehenden Gipfeln eine tiefe Tiefe von reinster Bläue, die anzieht und hochsaugt, sodass es scheinen kann, als hafteten die schweren Füße nicht mehr auf der Erde.

Und das Dahinrollen des Flusses und das Auf und Ab seines leisen Singens. Sein Singen fängt alles Schluchzen und Schreien und Lachen ein und schmilzt es um in Musik.

Und der tägliche Tag, dessen Gang aus lauter Missgeschicken besteht, die sich meist folgenlos auflösen. Vor der Abreise den Herd nicht abgedreht, das merkt sie zum Glück, als sie den Zug verpasst hat und unversehens wieder in ihrer Küche steht. Als sie daheim die Tramkarte herauszieht, ist die überstempelt, sie war – wieder einmal – eine unfreiwillige Schwarzfahrerin. Die Wohnungstür zu versperren, hat sie auch wieder vergessen.

Sie kann nicht mehr die Zeit ablesen, von keiner ihrer Uhren, so fährt sie aufs Geratewohl zum Treffen mit der Freundin und kommt, sagt die Jüngere, beinah auf die Minute ins Kaffeehaus, obwohl sie sich auch den Zeitpunkt des Treffens falsch eingeprägt hatte. Da muss sie lachen.

Ich lache auch, wenn ich wieder einmal gestürzt bin, und nach der Minute des atemlosen Schocks und dann im Daliegen, bei der Kontrolle der noch wie gelähmten Gliedmaßen und im Erkennen, dass es vielerorts schmerzt, aber wahrscheinlich nichts gebrochen ist, muss ich lachen und weiter lachen. Ich weiß nicht, ob da Triumph dabei ist, über meine vitale Unüberwindlichkeit, oder eher der Spaß an der Komik der Situation, wie ich da mitten in meinem Vorzimmer wie ein Frosch platt am Teppichboden klebe; Dankbarkeit ist wohl auch dabei.

Sie weiß nicht, wie sie es mit Menschen halten soll, »Menschen« sagt sie, wenn sie jetzt, was sie immer öfter tut, laut mit sich selbst redet. Denn unter diese Kategorie fallen jetzt alle, die Fremden und die Nächsten, die sie noch immer sehr liebt, aber es ist eine Liebe von weither.

Was ihr früher die Gesprächspartner bedeuteten und die wenigen, mit denen sie von Zeit zu Zeit die Auf- und Abbewegungen ihres alltäglichen Lebens geteilt hatte, braucht sie in der alten Weise nicht mehr. Braucht sie kaum mehr, obwohl deren Bestätigung ihres eigenen Existierens auch jetzt noch wohl tut – inzwischen jedoch ist ihr das Alleinsein viel angenehmer geworden.

Sie liegt dann Stunden auf ihrem Bett oder sitzt in ihrem Lehnstuhl und schaut vor sich hin. Sie kann nicht sagen, ob ihr dabei Gedanken durch den Kopf ziehen und welche. Sie ist in einer angenehmen, entspannten, ja, dankbaren Stimmung und manchmal döst sie für eine kleine Weile weg, und wenn sie aufwacht, ist alles so, wie es vorher war. Ausgelöschte Zeit.

Freilich, für die, die sie liebt, bemüht sie sich noch da zu sein, den anderen zuliebe, die sie nicht erschrecken will. Mit ihnen redet sie manchmal beiläufig von ihrem nahen Tod; sie sollen ein wenig vorbereitet sein auf das, was bald auf sie zukommen wird.

Sie hat nicht gewusst, dass man so lieben kann, von weither und wie zuschauend und mit reinem Einverständnis mit diesem so Fernen, so Nahen. Wenn es ein Weiterleben nach dem Tod gäbe, müssten die Fortgegangenen auf diese Art den Dagebliebenen nahe sein.

Manchmal denkt sie, dass sie jetzt verrückt ist; herausgerückt aus ihrem alten Lebensmittelpunkt. Etwa neulich, beim Spazierengehen, das tägliche harte Pflicht ist, als ihr war, als müsste sie sich auf dem Laubhaufen dort unter diesen bergenden Ästen ausstrecken und ausruhen, obwohl es eiskalter Januar ist und sie ahnt, dass sie von dieser Lagerstatt nicht mehr aufstehen könnte.

Das nennt man dann wohl verrückt, aber aus seiner Mitte gerückt ist es nur, wenn einer die alten Maßstäbe anlegt – und sie spürt, wie die jetzt bald schon nicht mehr zählen.

Wie ein zwischen den Ästen dahinschwebender lautloser Vogel, der im Gleiten die Apfelbäume, Hügel und Wolken nach sich zieht, die plötzliche Verwandlung des Angeschauten bewirkt – nichts ist unabänderlich, nichts fest, alles fließend, kaleidoskopisch.

Erst Schock, dann eine neue Gnade.

16. 1. 2011

Der Dünkel allen Jüngeren gegenüber, das heißt, allen gegenüber: Wenn ich euch zusehe, weiß ich, was ihr gerade erlebt, auch ich habe dergleichen erfahren.

Ihr jedoch wisst nichts von mir, von den Gegenden, in denen ich jetzt lebe.

Nein, von denen habt ihr nicht einmal einen blassen Schimmer.

Und auch Geschwisterlichkeit gegenüber allem Lebendigen. Die einfache Geste, das Hinüberreichen, das Berühren mit einem Wort, Handreichung auch für Fremde.

Abscheu vor allem Gekünstelten, sein Ich Konstruierenden, als wäre es eine Sünde gegen das strömende Leben.

Die immer noch offenen Fragen, auch die Frage nach einer aus Tiefen, in Tiefen wirkenden, alle Lebensbereiche durchwirkenden Sexualität.

Die Frage nach meiner Religiosität und damit verbunden die nach einem lebbaren und verantwortbaren Verbundensein.

Es sind nur Fragen übrig geblieben, die mich als Person angehen.

Und trotzdem nicht das Drängen, dass eine Lösung gefunden werden muss. Das Suchen nach einer Lösung (ein fast beiläufiges und mit sich selbst nachsichtiges) ist eher nur wichtig, um eine äußere Ordnung zu vervollständigen, als um sich selber zu heilen – fast hätte ich »sich zu retten« gesagt. Rettung scheint nicht mehr nötig – ist sie etwa schon geschehen?

Die afrikanische Kopfstütze – ich habe vergessen, in welcher Region des Kontinents sie entstanden, gewachsen ist, in welchem wenigstens zuzeiten geborgenen Winkel, in der einer die nächtliche Wohltat des Schlafens genießen durfte, wieder und wieder, ein wartender Hafen die Nacht nach der Hitze des sengenden Tages.

Die Mondwölbung des nachgiebigen Holzes, um den Kopf darein zu betten, ein Nachen, der Schlafnachen, die Seele tritt hinüber, überlässt sich dem Ziehen der unteren Kräfte und gleitet hinein, hinüber.

Wie ein kleiner Thron. Der am Tag arme Mensch, jetzt ist er ein König, der sich gelassen hinein begibt, sich der Nacht überlässt und weiß, dass auch er, wenn morgen die Sonne hochsteigt, wieder zuhause sein wird in seinem Leben.

Sei du nur ein König, sagt das Ding, das er selber gefertigt hat und schön verziert mit zarten Schnitzereien, gewebt aus winzigen Zeichen zu Mustern, die nicht gedeutet werden wollen und sicheres Geleit geben auf der Nachtfahrt ins Unbekannte.

Es hat die Aura eines Kultgerätes. Und das ist die Kopfstütze ja auch: Indem sie den lösenden, heilenden Schlaf darbietet, feiert sie das heilige Leben.

Vielleicht habe ich alle Zeit der Welt, weil der erste Tod schon bei mir eingetroffen ist.

Ich bin schon aus der Welt gefallen.

17. 1. 2011

Entziffert mit Hilfe von Brille und Lupe unter grellem Schlaglicht die ersten Seiten des kleinen Buchs, in dem der amerikanische Journalist James Lord die Porträtsitzungen bei Alberto Giacometti beschreibt. Der Maler sitzt seinem Modell ganz nah, auf Armlänge, gegenüber, Auge in Auge. Wenn der Darzustellende einmal seinen Blick abwendet, ihn gar schweifen lässt, kommt gleich eine scharfe Ermahnung: »He! Schau mich an.«

Aus der ersten Fixierung des Gesichts, spiegelgetreu, mit klar umrissenen Konturen, wird im Schau- und Darstellungsprozess eine immer nebelhaftere Erscheinung. Nichts mehr da, was aus festem Stoff, berührbar scheint.

Ein anderes, ein ungreifbares Wirkliches, das herauftaucht, wenn Giacometti nur lang genug und genau hinschaut.

Die heiße Gier, Wünsche auf der Stelle erfüllt zu bekommen, die nur mit jahrzehntelang antrainierter Disziplin zu beherrschen ist.

Eine chiligewürzte Schokolade, die schwer aufzutreiben ist, eine bestimmte Aufnahme der »Meistersinger«, einer Oper, die sie immer kalt ließ.

Und die überschießende Augenblicksfreude, wenn einer im Handumdrehen das beiläufig geäußerte Verlangen gehört hat und es erfüllt.

Das Kind unterm Weihnachtsbaum. Wunder.

Natürlich, Wunscherfüllung im Nu.

Und wie beim Kind eben der Augenblick des Eintreffens, Augenblick des Erscheinens; was nachher damit geschieht, ist wieder Alltag, banal, jedoch der Klarinettenton des Ankommens hält sich noch lange im nebeligen Zimmer.

22. 1. 2011

Ganz selten noch die alten, auch am Tage weiterschwelenden Angstträume von Verfolgungsjagden durch die Wälder, oder durch leere Hallen, Räume, Betonwände, wo ist die Tür, die Hämmer knapp hinter mir, Verständigungsrufe, ihr Grölen, ihr Lachen. Dann der jähe Absturz, kurz bevor ich die Hand im Nacken spüre, der Sturz ins Wache – in die Tagwelt.

Jetzt die anderen Träume. Ich schaue einem Comic zu, einem Zeichenfilm, einer Art Krimi mit absurden Wendungen, komischen Rettungen, wenn es klamm, bedrohlich wird. Im allmählichen Erwachen spinne ich den Film weiter, sich überpurzelnde Einfälle, über die ich, halbwach, laut lache, und im Weiterspinnen schon die Verwunderung, woher mich diese genialen Einfälle anflogen. Im endgültigen Hellsein ist diese buntflächige Welt ausgelöscht. Leere.

Und die anderen Träume von den schönen Orten.

Ein Obstgarten, smaragdenes Gras unter den Apfelbäumen. Ihre sanftgrauen Stämme. Ihr lebendiges Laub wie durchatmet, ihre bergenden Zweige.

Blauer Himmel hinter nahem Grün.

Bin ich im Schlaf oder im Wachsein glücklich? Seligkeit jenseits des Glücks.

23. 1. 2011 4h früh

Wieder in Wien. Einkaufen gehen.

Langwierige, langweilige Vorbereitungen.

Anziehen. Dicke Unterwäsche, die bequeme Hose? Oder die schönere, schmalgeschnittene, eine wie früher einmal? Geldbörse, Brille, Herzspray, Legitimation für den Notfall.

Die Schlüssel, wo sind sie schon wieder? Sie muss ein rotes Schlüsseltascherl kaufen, das sie leichter finden kann als dieses alte graue. Das Schlüsselloch lange suchen, einige Male anpeilen – endlich! Zweimal sperren nicht vergessen!

Endlich unterwegs. Die Klosterschülerinnen in ihrem Raucherwinkel. Die 14jährigen zünden ihre Zigaretten mit den gut abgeschauten Bewegungen von Süchtigen an.

Die Taferlklassler haben schon aus. Sie haben ihre roten und grasgrünen Rucksäcke weggeworfen und spielen Fangen und benützen dabei die wenigen Vorbeigehenden als Deckung.

Auch ihr springt so ein 7jähriger gerade vor die Füße. Sie ist halb belustigt, am liebsten würde sie mitspielen, und ein bisschen verärgert, weil sie schon wieder nicht als Person wahrgenommen wird, sondern als Hindernis.

In der Trafik steht heute nicht der nette Besitzer, sondern eine fremde Frau.

Sie verlangt und erhält ihr Wochenblatt, hält der Verkäuferin ein Häufchen Münzen hin und sagt: »Bitte nehmen Sie sich – ich sehe sehr schlecht.« Ihr Trafikant sagt dann oft: »Wechselgeld kann ich immer brauchen.«

Die Frau pickt mit harten Fingern die Münzen von der offenen Hand und sagt, während sie sie klirrend in die Kassa wirft: «Ich möchte wissen, warum sich einer, der fast blind ist, so eine dicke Zeitung kauft.«

Jetzt ist sie aber wirklich zornig und sagt von oben herab: »Die alten Fastblinden sehen manchmal mehr, als man glaubt.« Und fixiert angelegentlich einen Knopf auf dem nicht mehr ganz sauberen Kittel der Frau. Den Trick hat sie noch aus ihrer Schulzeit.

Sie starren sich beide bitterböse an.

Plötzlich von hinten eine Stimme: »Darf ich den Damen ein Beruhigungszuckerl anbieten?« Und eine Bonbontüte schiebt sich zwischen ihre Nasen.

Sie dreht sich um. Da steht ein sehr junger Mann. Ein

bisschen frech sieht er aus und sehr bärtig – und ein bisschen wie ihr Enkel.

Fast hätte sie nach einem seiner Hustenzuckerl gegriffen, aber da kommt die empörte Stimme der anderen Frau: »Lassen Sie das, junger Mann. Das verstehen Sie noch lange nicht.« – Und zu ihr: »Warten S', da haben S' a Plastiktaschen, dass S' den Packen Zeitung besser tragen können.«

Sie dankt sehr höflich und verlässt erhobenen Hauptes den Schauplatz.

»Was für eine im Grunde nette Frau«, sagt sie zu sich, während sie zum Supermarkt wandert, »na ja, ›nett‹ vielleicht nicht, aber jedenfalls ein interessanter Mensch!«

23. 1. 2011 5h früh

Ja, sie ist stolz auf ihre Kinder, denen es, jedem auf seine Weise, gelungen ist, ein eigenbestimmtes Leben zu führen, gehorsam dem je eigenen nicht in Worte zu fassenden Seinsauftrag, auch durch wirre verwirrende Zeiten hindurch.

Es wäre schön, wenn sie, die Mutter, zu diesem Gerichtetsein beigetragen hätte.

23. 1. 2011

Die Meisen, die sich von den Zweigen des Flieders fallen lassen, wenn sie zum Futterhäuschen wollen. Der aufstiebende Schwarm von Zeisigen, die Spätwintersonne hell über fahlem Gras.

Sonntagsglocken.

Könnte es doch noch lange so sein!

23. 1. 2011

Glück des Schreibens: Der gerichtete Tag.

23. 1. 2011

Und auch jetzt noch das Glück des Gelingens.

25. 1. 2011

Kaleidoskopisch.

Wenn sie beschreibt, was gerade ist, und es so festschreibt, ist sie schon aus der sich entfaltenden Gegenwart ins Gewesene zurückgetreten.

Was will werden?

Die zeitlosen Stunden, die ich an den Betten Sterbender verbrachte, manchmal im Bannkreis einer schwebenden Harmonie, schlafendes Schneewittchen, das anderswo erwachen wird.

Gleich darauf ihr Weg zwischen den anderen lang schon fortgegangenen Alten, die in ihren Sesseln den Gang entlang sitzen, kein Laut, keine Regung in ihren Faltengesichtern, der Greis, den sie an seinem Stuhl festgezurrt haben, er kämpft gegen die Fesseln, reißt den Mund auf zu einem lautlosen Schrei!

Als ich nach einer Stunde den Gang zurückgehe, kämpft er noch immer, die einzige Bewegung zwischen all den reglosen Gestalten.

Ich fürchte mich.

27. 1. 2011

Vor einigen Jahren berichtete mir eine um einiges ältere, also steinalte Freundin, dass sie nun Stimmen höre. Unbekannte Stimmen, manchmal klang, was sie sagten, wie beiläufige Gesprächsfetzen, manchmal käme da auch eine Weisung.

Die Freundin erwähnte das nebenher, die darüber Nachgrübelnde war ich. War dieses Stimmenhören Zeichen einer beginnenden Demenz? Oder hatte sich der Freundin eine Anderswelt aufgetan? Ich war erleichtert, als ich zufällig erfuhr, dass nach neuen Forschungsergebnissen in alten Gehirnen abgeschottete Erinnerungskammern sich öffneten und einmal zufällig Aufgeschnapptes als sinnleere Fragmente wieder an den Tag treten könnten.

Das also war die Erklärung!

Heute sehe ich manchmal eine schemenhafte Gestalt, an den Stamm der Ölweide geschmiegt, dort in der Weinlaube ein Vorbeistreifen.

Schattenhafte Existenzen, die ich hinnehme wie die Postbotin um 9 Uhr morgens.

Besuch der Freundin, die ihre kleine Tochter mitbringt.

Ich bin sehr vorsichtig, und das Kind mir gegenüber ebenso.

Es tut, als wäre ich gar nicht da, nur manchmal kommt ein aufmerksamer Blick geflogen.

Ich sitze still in meiner Ecke und sehe zu, wie die Freundin einen Obstbrei zubereitet, alles hat sie dabei, abgekochtes Wasser aus der Thermoskanne, die Pulvernahrung, Löffelchen und Schüsselchen.

Der Winzling ist jetzt nur Hunger, fiebert durch die Vorbereitungen, lässt sich selig füttern und hat die Zuschauerin vergessen.

Später ein Anruf für die Mutter, ein dienstlicher, sie klebt an ihrem Handy und hat alles rundherum vergessen, seit ich zur Kleinen getreten bin, die auf die Zehen gereckt beim niedrigen Fenster hinausschaut und meine schützende Hand an ihrem Rücken duldet.

Ein kleiner Vogel fliegt jäh vom Futterhaus auf, und die Finger folgen dieser Bewegung.

Ich ahme den Bogen mit meiner Hand nach, da lacht die Kleine hell auf.

Jetzt fahre ich mit meiner freien Hand quer über den Horizont, als flöge da langsam ein anderer Vogel.

Das Kind schaut aufmerksamer und sucht diesen Vogel draußen am Himmel, findet ihn nicht und schaut mich an.

Unbeirrt lasse ich meine Vögel fliegen, die Hand wandert auf und ab, dreht sich in Spiralen, plumpst hinunter wie ein Stein und fliegt tirilierend wieder auf. Jetzt hat das Kind unser Spiel begriffen, mit seinen beiden Händen lässt es die Vögel fliegen und lacht und lacht, wir lachen beide, bis die Freundin ihr Handy wegsteckt und lächelnd sagt: »Ihr spinnt wohl, ihr beide?«

28. 1. 2011

Der Schreibtrieb als Movens, der meinem Leben Impuls gibt, ja, ihm die Richtung weist.

Ich kann mir nicht vorstellen, anders als aus dieser Kraft zu leben.

Vom Schreiben

Auf einmal ist das Gedicht da. Ein Geburtstagsgedicht für die Großmutter. Sie wollte kein Geburtstagsgedicht machen, aber jetzt ist es da, es kratzt im Mund, es will heraus. Sie läuft die Großmutter suchen, trifft sie auf dem Weg in die Küche und rennt ihr hinterher, traut sich aber nicht, die immer Abweisende am Ärmel aufzuhalten. Endlich bleibt die Großmutter stehen, da sind sie schon in der Küche; am blitzenden Holzherd, dem mächtigen, hat die Köchin Maria zu rühren aufgehört und schaut zu ihnen her, da geniert sie sich. Trotzdem sagt sie jetzt ihr Gedicht auf, es ist kurz und endet mit der Zeile: »Da wollen wir uns nicht schimpfen lassen und kommen gelaufen von der Gassen.«

»Ja, ja, ist schon gut«, sagt die Großmutter und wendet sich der Köchin zu, um mit ihr das Sonntagsessen zu besprechen. Da ist sie mit ihrem Gedicht allein.

Sie schleicht in den Salon, der ihr verboten ist, und kauert sich in ihr Versteck hinter dem Kachelofen. Sie sagt sich's vor, ihr Gedicht, wieder und wieder, bis es nicht mehr etwas von ihr Erfundenes ist, sondern ein Zauberspruch.

Wenn sie jetzt nachrechnet, muss sie damals sechs oder sieben Jahre gewesen sein. Inzwischen hat sie begriffen, dass sie die Gabe des Reimens und Liedermachens mit anderen Kindern teilt, und dieses Wissen gibt ihr eine Helligkeit über ihren Anfängen.

Sie ist etwa vierzehn, als ihr etwas Sonderbares widerfährt, und auch das hängt mit dem späteren Schreiben zusammen.

Sie kann sich nicht erinnern, dass das Herstellen eines Schulaufsatzes vorher für sie etwas Besonderes war, sie bastelte die Zeilen zusammen und brachte es hinter sich wie die anderen Aufgaben auch.

Jetzt aber. Sie sitzt vor dem weißen Blatt ihres Schularbeitsheftes, wo noch immer nichts steht als das Thema, über das sie nicht nachdenken will. In ihr ist eine Leere, ein Warten. Viertelstunden, die sich dehnen. Geräusche um sie, kritzelnde Federn, Seitenrascheln, Füßescharren. Sie hört es auf ihrer Insel.

Mit einem Mal muss sie die Feder nehmen. Sie setzt einen Satz hin und noch einen und noch einen, schneller und schneller, die Feder fliegt. Sie schreibt, ohne zu wissen, was sie da hinsetzt, drei, vier, fünf Seiten füllen sich. Ihre Handschrift ist anders als sonst, gedrängt, getrieben, zur Seite geworfen vom Ansturm des Fremden, das sich sagen will.

Dann nichts.

Als es endlich läutet, schlägt sie das Heft zu und lässt es mit den anderen einsammeln. Sie ist jetzt müde und gleichgültig, ihre Wangen jedoch brennen noch lange.

Als die Professorin die Schularbeiten zurückgibt, wird sie aufgerufen, ihre vorzulesen. Sie liest, manchmal stockt sie, weil sie das Hingeschriebene nicht wiedererkennt.

Behutsam fragt die Lehrerin nach dem Aufgeschriebenen, prüft, ob sie die Schülerin verstanden habe. Ungeschickt versucht diese den Inhalt zu erklären, aber wie soll sie ausdeuten, was sie selbst jetzt zum ersten Mal gelesen und nicht verstanden hat? Diese Sätze sind nicht von ihr.

Gleichzeitig ist sie geschmeichelt, dass sie so ernst genommen wird, dass ihrem Hingeschriebenen nachgedacht wird wie dem, was im Lesebuch gedruckt steht.

Zuhause, in der Einsamkeit ihres Zimmers, liest sie sich die Schularbeit noch einmal durch und ärgert sich über die so gehetzte Handschrift, die sie selber kaum entziffern kann.

Ja, es klingt gut, was da steht, es hat ein Tönen zwischen den Worten. Aber es ist nicht von ihr.

Ist sie eine Lügnerin?

Es muss etwa um diese Zeit sein, als sie sich von ihrem Taschengeld ein kleines Insel-Buch kauft, mit Abbildungen von Michelangelos Sibyllen und Propheten.

Sie weiß kaum, wer Michelangelo ist, von seinem Fresko in der Sixtinischen Kapelle hat sie noch nie gehört. Sie starrt in die Gesichter der Sibyllen. Ihre im Schauen geöffneten, nichtsehenden Augen. Die im Zwang des Rufens aufgerissenen Münder. Das sind Hingerissene, Weggerissene, Gefangene.

So hatte auch sie sich hergegeben, benützen lassen. Aber an was, von wem? Von jetzt an wird sie sich nie mehr zum Werkzeug machen lassen.

Jedoch immer wieder holt sie die Sibyllen unter dem Schulatlas hervor, wo sie das dünne Buch vor sich selber versteckt hat, um voll Abscheu und tiefverwurzeltem Hingabewillen in den Gesichtern der Sibyllen zu lesen.

Zwar fällt der jungen Erwachsenen manchmal ein Gedicht zu. Dann wacht sie nachts von einem Drang auf, zündet

Sind Sie
interessiert?

❑ Bitte senden Sie mir regelmäßig Informationen über Neuerscheinungen in Ihrem Verlag:

e-mail-Adresse: ……………………………………………

❑ Weil meine eigentlich bestens sortierte Buchhandlung folgende Droschl-Titel nicht lagernd hat, bestelle ich hiermit:

……………………………………………………………

……………………………………………………………

……………………………………………………………

Name ……………………………………………………

Adresse …………………………………………………

……………………………………………………………

e-mail-Adresse: ……………………………………………

raturverlag Droschl A-8043 Graz Stenggstraße 33 Tel: 0316/32-64-04 info@droschl.com www.droschl.com

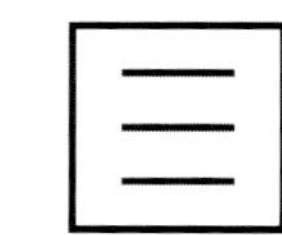

An den
Literaturverlag Droschl
Stenggstraße 33

A-8043 Graz

die Bettlampe an und schreibt hastig in ihren Notizblock, was ihr die Stimme vorsagte.

In der Früh reißt sie die Seite heraus und wirft sie in die Schachtel, in der sie wichtige Briefe aufhebt, und hat dann das nächtliche Schreiben gleich wie eine Verfehlung vergessen.

»Ich schlafe nicht. Die Flügel sind vom Mahlen des Winds zerrieben. So muss ich an der Schwelle stehen, verloren dem Hier und Drüben.«

Daran kann sie sich noch nach Jahrzehnten erinnern. Aber vielleicht ist dieses Lied auch gar nicht von ihr.

Das Dichten, so nennt sie es verächtlich, versinkt im Lauf der Jahre, die sich rasch zu Jahrzehnten reihen. Inzwischen hat sie gelernt, Sachfragen zu beschreiben – nein, nicht zu lösen. Diese Arbeit geschieht im hellen Verstandeslicht. Manchmal freilich stockt sie, weil die Gedankenkette gerissen ist oder Verbindungsstränge sich nicht finden lassen. Dann weiß sie, dass sie wie damals warten muss, den Dingen Ruhe und Raum geben, bis sich neue Zusammenhänge auftun.

Erschließungen sind das, für die sie nichts kann. In ihrem kleinen Sachbereich lernt sie, auf solche Geschenke zu vertrauen.

Warum beginnt sie, so spät in ihrem Leben, ausgedachte Geschichten aufzuschreiben? »Es ist eben so gekommen«, sagt sie, wenn sie einer fragt.

Müßig steht sie am Zugfenster, lässt vorübergleiten, was sie nichts angeht, Häuserreihen, ein Kirchturm, hingebreitete Felder. Da eine Reihe magerer Bäume. Sie kennt die Bäume gut, fährt sie doch oft an ihnen vorbei. Heute aber sind ihre hingleitenden Gestalten wichtig, ihre Magerkeit, dass die Stämme vom Wind leicht verzogen sind, die leise Berührung der benachbarten Äste. Hastig sucht sie ihr Notizbuch, findet jedoch nur die Fahrkarte. Sie wirft zwei Sätze hin, die dieses Bild festhalten.

Bilder, Satzfetzen drängen sich jetzt immer wieder auf, die sie ohne Nachdenken sammelt, indem sie sie aufschreibt.

Erst fallen ihr Wörter und einzelne Sätze ein, später kurze Abschnitte. Eine Person taucht auf, die sie noch nicht kennt, dann eine zweite.

Ihr mürrischer Gemütszustand ist zergangen. Sie ist jetzt wartend, gespannt, und sie hält sich Tag und Nacht sehr still.

Es ist schwer, ihre Ungeduld zu zähmen, sie möchte endlich das Ganze abschließen und weglegen. Aber sie steckt immer wieder fest. Dann ist es gut, die Papiere wegzulegen und sich einer ganz anderen Beschäftigung zuzuwenden. In den Garten zu gehen, die Strauchrosen aufbinden. Die verwelkten Blüten abschneiden. Himbeermarmelade einkochen.

Immer ist das zu Sagende gegenwärtig. Es wohnt nicht mehr in ihrem Bauch, jetzt liegt es ihr auf der stummen Zunge, es will heraus. Manche Sätze verlassen sie nicht, ob sie unter der Dusche steht sich mit anderen unterhält, sie sagt sie sich halblaut vor.

Allmählich zieht sich die nebelige Erwartung immer mehr zusammen; es ist, als trüge sie einen dunklen Klumpen in ihrer Brust. Es ist wichtig, sich gegen dieses Gewicht nicht zu wehren.

Der Zettelhaufen in der Schuhschachtel wächst. Sie bemerkt, dass in allen neu aufgefundenen Sätzen immer die eine Melodie schwingt. Da darf sie sich freuen.

Das ist die Zeit, wo sie mitten in der Nacht aufwachen wird wie gerufen, um lange Abschnitte der noch immer unbekannten Geschichte niederzuschreiben. Sie tut es widerwillig: um zwei, drei, fünf Uhr möchte sie weiterschlafen, aber der Drang, das Angeflogene festzuhalten, ist stärker. Wenn sie fertig ist, schiebt sie den Notizblock aufs Nachtkästchen und löscht das Licht, jetzt darf sie schlafen, aber noch ehe sie in Bewusstlosigkeit versinkt, schießt in einem Stoß der nächste Textbrocken heraus und dann noch einer und sie muss wieder die Nachttischlampe einschalten und schreiben.

Jetzt ahnt sie schon, wovon die Geschichte erzählen wird. Freilich sind im Ablauf noch Lücken, über die sie nicht nachgrübeln darf, sie hat Angst vor willkürlichen Basteleien.

Der Druck in ihrer Brust ist drängender geworden, und wenn sie still in ihrem Sessel dasitzt, bemerkt sie in ihrem Mund die schwere Zunge. Die gefesselte Zunge, die sprechen will.

Sie weiß um den heimlichen, den zu verheimlichenden Schwerpunkt in ihrem Alltagsleben.

Dann, von einer Stunde auf die andere, ist es Zeit. Sie hockt sich auf den Boden, die bekritzelten Schmierzettel und Notizblockseiten in der linken Hand. Sie fängt an, ihre Zettel auszubreiten, die, auf denen nur wenige Wörter stehen, und die anderen, neuen, die eng vollgeschrieben sind mit langen Satzfolgen.

Wie in der Patience, die sie als Kind gelernt und wieder vergessen hat, ordnet sie mit fliegenden Fingern diese Art Spielkarten. Nur selten muss sie ein Schriftfragment austauschen, noch seltener einen Zettel weglegen, dessen Platz sie noch nicht ahnt. Auch ihr erster Findling, die aus dem Zugfenster erblickte Baumreihe, landet schnell am richtigen Ort. Es ist ihr bei diesem Spiel, als hätte sie eine ungeahnte Gabe bekommen, als hätte sie etwa plötzlich die Fähigkeit zu fliegen.

Dann sind keine Zettel mehr in ihrer Hand. Beglückt lässt sie die Arme sinken in der Gewissheit, dass sie gerade ein Wunder erlebt hat. Dass etwas plötzlich auf die Welt gekommen ist. Und sie hat nichts dazu getan, als durch ihr geduldiges Warten und Platzgeben dieser Geburt Vorschub zu leisten.

Sorgfältig stapelt sie die zu einem großen Fächer ausgebreiteten Textfetzen übereinander. Sie darf jetzt lange rasten. Fertig!

Behutsam, sehr behutsam, versucht sie an den Abbrüchen nachzuspüren, wo das Geschehende hinwill. Wenn sie jetzt sehr geduldig ist, wird sie Antworten finden, eine um die andere. Manchmal sind die Antworten anders, als sie sich's ausgedacht hätte, aber sie werden stimmen, wie sie ihr kommen, das weiß sie.

Was in ihr lebt, ist nun auf die Welt gekommen, ohne dass sie viel dazu getan hätte.

Sie sieht auch, dass das Geschenkte von seinen eigenen Lebensgesetzen zusammengehalten wird. Klare Zusammenhänge sind sichtbar geworden, im Nachhinein manche Handlungsmotive durchsichtig.

Und jetzt fängt eine neue Arbeit an. Was sie jetzt auf Bögen Papier aufträgt, zeigt ihr Löcher. Da und dort ist die Dichte dieser Erzählung ganz verschieden, kahle Abschnitte warten darauf, ergänzt oder bebildert zu werden. Sie weiß immer noch nicht, wie die Geschichte enden wird!

Sie muss sich an den Stellen festklammern, wo die Geschichte abreißt. Sie muss die Lücken im Auge behalten, darf sie aber nicht willkürlich stopfen. Wieder ist Warten angesagt. Sie ist froh, wenn ihr eine zufällige Tag- oder Nachtstunde einen neuen Satz, einen präziseren Ausdruck schenkt.

Die Geschichte ist ihr ein festumrissenes Gegenüber. Sie arbeitet daran, darin, wie ein Baumeister an einem Haus. Nein, nicht wie ein Baumeister, denn der hat Maurer und Zimmerer und Anstreicher und Installateure zu Hilfe. Sie ist ein Häuselbauer, der ganz allein über Tage, Wochen, Jahre sein Haus aufrichtet mit zäher Ausdauer.

Schon setzt der Mann das letzte Fenster ein und der Fußboden ist auch verlegt. Und sie weiß auf einmal, wie ihre Geschichte ausgehen wird.

Und jetzt die Schreibmaschine. Sie beginnt zu tippen, da hat die Geschichte auch ihren Anfang gefunden. Jetzt nicht die Grundmelodie verlieren.

Tage um Tage an der Schreibmaschine.

Plötzlich als Überraschung: Da steht der letzte Abschnitt, der allerletzte Satz. Sie ist fertig.

Aufatmend schließt sie die leichtwiegenden Seiten weg. Sie darf sich zugeben, dass sie sehr müde ist.

Wochen vergehen, bis sie Lust hat, das Manuskript wieder hervorzuholen. Die Kärrnerarbeit beginnt, das Lauteschleifen, Wörterversetzen, Bilderlöschen, und immer wieder das Streichen, Weglassen, Weglassen. Ja keine Willkür!, und dem Hang zum Ausgefallenen, zu Ziersäulchen und Wortbögen nie nachgeben!

Wenn auch diese Arbeit getan ist, hat sie noch immer keinen Überblick über das Gewordene. Sie wohnt darin, und noch immer fallen ihr aus dem Zusammenhang gerissene Wendungen ein, die sie vor sich hinsprechen muss, als wären sie ihr von irgendwoher eingesagt worden. Wie damals das Kind mit seinen Geburtstagsversen.

Jahre später, da ist ihr dieses Aufsagen fremder Worte schon bekannt, fällt ihr ein alter Traum ein.

Sie war damals sehr krank und lag mit hohem Fieber in einem Spitalsbett, da kamen Träume von einer solchen Gegenwärtigkeit zu ihr, dass ihr noch nach Wochen, nach Monaten war, als müsste sie nur aus ihrem Wohnzimmer gehen, um im Raum nebenan diesen ihren Traum leibhaftig wiederzufinden. Und immer blieb ihr sein Bedeutungshall.

In dem Traum standen zwei Unsichtbare einander gegenüber, sie konnte nur ihre Arme sehen und zwei Handpaare. Die reichten einander aus dem Off Stäbe, stark glänzende Stäbe, und die Hand des Empfangenden warf Stab um Stab auf einen wüsten Haufen zusammen. Dabei riefen die Stimmen der Unsichtbaren einander Wörter zu, träumend meint sie, es seien sinnlose Wörter, ohne Beziehung zueinander.

Plötzlich erhebt sich an der Stelle des Stäbehaufens ein kleiner, luftdurchflossener Pavillon von edelsteinklarem Gefüge. Die Hände sind verschwunden, das Rufen verstummt, es ist nichts da als der leichte Bau vor dem hellen Himmel, dessen Anblick sie froh macht. »So kommt es also zusammen«, sagt sie selig in diesem Traum.

Aber da war noch etwas gewesen: die Stimme hatte

ein letztes Wort gerufen; und erst dieses Wort hatte ihre Beseligung überfließen lassen. Lange sucht sie in ihrer Erinnerung nach diesem einen Wort, aber es ist ihr nur sein Hall geblieben.

Auch jetzt, im hohen Alter, bleibt das Schreiben die Entdeckung von etwas Wartendem, auch jetzt ist, was unsichtbar war, in eine andere Seinsweise zu übersetzen.

Geändert hat sich jedoch die Art des Schreibens. Zuerst ist jetzt der Anfang da, drei, vier Sätze, von denen sich später herausstellt, dass sie bleiben werden. Und mit diesem Eingang ist auch der Tonfall der Erzählung, ihre Melodie bis zu ihrem letzten Satz mitgegeben.

Auch später muss im Heraufkommenden kaum etwas geändert werden, außer kleinen Wortkorrekturen und winzigen Einfügungen, wo das Bisherige unscharf war.

In jeder Schreib-Station ist der Fortgang der Geschichte nicht gewusst, er entfaltet sich von Phase zu Phase und immer zwingend.

Sie weiß, dass sie das Dahinfließen und Sichausbreiten ihrer Geschichte nicht willentlich bestimmen kann, auch diesmal ist ihre erste und entscheidende Arbeit das hoffende Warten.

Es ist ihr, als ginge sie durch einen dichten Wald, sie kennt den Weg nicht. Bei der nächsten Biegung läuft er auf eine sonnenbeschienene Lichtung und weiter und jetzt springt von rechts ein Bach her, dem Fließen entlang, jetzt ein schwarzer Tümpel, weiter, neue Helle, und da liegt vor ihr weißglänzend das Dorf, und erst vom Ziel her überschaut sie den Weg, der sie herführte.

Noch etwas hat sie bei diesem Buch, spät aber doch noch, für ihr anderes Leben gelernt:

Sie lässt einen anderen, ihren Lektor, ein wenig teilnehmen am Entstehungsprozess. Sie duldet es, dass er angesichts eines Rohtextes einen leisen Einwand vorbringt und sich Gedanken macht über die Reihung der einzelnen Geschichten.

Das ist das Neue, das sie erfährt: Dass man einen Mitdenkenden, Mitfühlenden in die Nähe des eigenen Wirkzentrums lassen kann, ohne sich vor Überrumpelung und Zwang in Acht nehmen zu müssen.

Und das Vertrauen des Fachmannes und Freundes auf ihre hoffende Kraft zeigt ihr neue Möglichkeiten auch im persönlichen Leben.

Dann ist auch dieses Buch aus ihren Händen entlassen und dann gedruckt und wartet auf seine Leser.

Wie auch bei den früheren Bänden kommen Antworten zurück. Nicht allzu viele, doch die zeigen ihr, dass da einer in seinem Eigensten angerührt wurde und sich gesehen weiß.

Manches, was an Eindrücken oder Urteilen zu ihr zurückkommt, lässt sie den abgeschlossenen Texten nachdenken.

Sie begreift dann besser, was sie einmal schrieb. Verbindungslinien, denen sie innerhalb der einzelnen Erzählungen und zwischen ihnen halbbewusst nachspürte, liegen jetzt klar vor ihr. Und manche unversehens aus ihrer Feder geflossenen Wortfolgen zeigen jetzt erst ihre bisher verborgene Schönheit.

Denn es ist ihr einzig um diese Klarheit, diese äußerste Genauigkeit der Beschreibung gegangen. Sie weiß, dass allein daraus Schönheit wächst.

Viel später hört sie eine ihrer alten Erzählungen von einer anderen Stimme gelesen. Zuerst bilden ihre Lippen die vertrauten Sätze nach, dann ist es auf einmal eine fremde Geschichte. Sie glaubt darin eine das Herz anruhrende, jedoch nicht ihr zugehörige Melodie von weither zu hören, die ihr das Herz bewegt. »Danke«, sagt sie, »danke«, und weiß nicht, wem.

28. 1. 2011

Heute den Weg über die Sandstraße durch die Weinberge am Kalvarienberg. Die Dorfpromenade nennen wir das, die Kinder und ich. Kein Mensch unterwegs, es ist ja Mittagszeit und dazu kalter Nebel und Nordostwind, der durch die dicken Kleider fährt.

Die dunkle Wand der Hügel jenseits des Flusses sehr nah, bedrohlich, die Rebstöcke neben dem Weg starren zum tiefhängenden Himmel, Eis unter den Schuhen.

Alles fremd, das hier könnte auf einem anderen Kontinent sein. Das Aufsichgestelltsein des Alleinreisenden: Wenn er hier stürzt, liegen bleibt, wird es keiner erfahren. Schritt um Schritt prüfen!

29. 1. 2011 2h früh

Manchmal scheint es jetzt, als ob das Schreiben versagte – als müsse es ein angemesseneres Mittel geben: Schlafen oder Träumen?

Oder eine Musik, die vom leeren Papier tönte. Welche? Etwa jene Klaviersonate von Beethoven, die mit der Cellobegleitung, ihr erster Satz, das ruhige durchsonnte Auf und Ab, leise Bewegung, die fortgeht und fortgeht, sodass es scheinen könnte, die Schallplatte sei hängen geblieben – und dann der plötzliche Schluss, Ende.

29. 1. 2011 3h früh

Ägypten. Davor Tunesien. Freude, Hoffnung für diese Menschen, für uns alle, Hoffnung gegen alle vernünftige Erfahrung.

1. 2. 2011 3h früh

Beim Augenarzt, nach dem Eintropfen werde ich in ein zweites Wartezimmer geführt. Kühl-Weiß mit wärmender skandinavischer Holz-Anmutung, elegant.

Ich bin allein im hellen Raum, erwartungsvolles Summen, dann Musik aus den Wänden, entspannungsfördernd.

Großer Auftritt, zwei Sanitäter mit einer wie paralysierten Frau im chromglitzernden Rollstuhl, den die beiden Männer über die Stufen ins Zimmer tragen und in einer Ecke abstellen. Die Gestalt regungslos in ihrer Haltevorrichtung, die beiden jungen Uniformierten in der weit abliegenden Ecke, in den zarten Stühlen sind sie Kolosse, Gefangene in der Masse aus Knochen und Fleisch, die beiden versuchen eine immer wieder stockende Unterhaltung aufrechtzuerhalten, als hätten sie Angst, hier sonst in massiver Reglosigkeit zu erstarren.

Neue Bewegung, ein Paar, Auftritt so typengerecht wie in einer Aufführung der »Josefstadt«, unter Anführungszeichen, ein altes Männchen in Breeches und Strickjacke, weh auf den dünnen Beinchen. Die Dame schottisch bis zum Plaid, stöckelt auf hohen Absätzen ihrem Männchen zum Heizkörper nach, wo sich die beiden ihre Rückseiten zu wärmen suchen.

Starke Bewegung, Auftritt einer jungen massigen Dame, die sich über die Reglose im Rollstuhl neigt und auf sie einredet, keine Reaktion, dann in der noch leeren Zimmerecke Platz nimmt und über die Entfernung hinweg eine monologische Unterhaltung mit den beiden Sanitäter-Figuren beginnt.

Ich dazwischen, als wäre ich unsichtbar, keine Mitspielerin.

Die Reglose im Rollstuhl wird ins Arztzimmer gerollt: zunehmend in der Körpermasse wetterleuchtende Nervosität der zwei Sanitätsmänner.

Die Patientin wird herausgerollt, händeringend, große, wortlose Abtransport-Szene, die junge Frau ist mitverschwunden, jetzt wird das Theaterpaar in die Ordination eingelassen, massive Lautlosigkeit droht durch die geöffnete Polstertür.

Plötzliche Stille, lauernde Stille. Ich sitze im leeren Raum und weiß nicht mehr, warum ich hier bin, zeitlose Weile in Weiß.

Die Stufen herunter kommt die Empfangsdame geschossen, die ich für die Frau des Professors halte, sie trägt Eimer und Lappen in der Hand, läuft ins Arztzimmer, durch die offengelassene Tür sehe ich, wie sie sich bückt und den Parkettboden wischt, dann geht sie wieder über die Stufen ab. Die Tür zur Ordination ist jetzt geschlossen, öffnet sich aber gleich wieder, der Professor und das Männchen treten auf, der weiß bekittelte Professor führt seinen klapprigen Patienten am Ärmel zur Toilette gleich nebenan, die schottische Dame stöckelt hinterher, die Toilettentür schließt sich hinter dem Ehepaar. Im Abgehen kommt der Professor an meinem Stuhl vorbei und sagt leise und bedauernd: »Das kommt davon, wenn sich alte Herrschaften gegen Heizkörper lehnen.«

Dann darf ich eintreten, der Professor versucht sich – unterdrückte Hektik – gegen das blitzende Chrom der großen Geräte zu behaupten, er ist, wie es sich für jede Privatordination gehört, sachlich und angenehm.

Ich spiele mit, bin die kultivierte Patientin, souveräne Dialogführung der beiden Darsteller, Konversationsstück mit beiläufigem Ende.

Wie nach vielen Stunden, wie nach einem langen Theaterabend, wieder auf der winterkalten Straße: Was tue ich hier – und wer bin ich?

1.2.2011, 4h früh

(Wer bin ich?)

Auf dem spiegelglatten Eis Pirouetten drehen. Einmal werde ich einbrechen.

Taxifahrt:

Zur Ärztin in die Auhofstraße. Das ist von ihrer Wohnung ganz schön weit. Weil sie aus der teuren Fahrt wenigstens ein bisschen Freude ziehen will, sagt sie zum Taxler: »Wir fahren über den Wienerwald.«

Sie hat einen mürrischen Fahrer erwischt. Mit hochgezogenen Schultern sitzt er angespannt am Steuer, alles vom schwarzen Schopf bis zur schwarzglänzenden Lederjacke scheint Abwehr zu signalisieren.

Weil sie eine Frau ist? Weil sie alt ist und sich den Luxus der Taxifahrt leisten kann?

Ihr kann es recht sein, solange er so zügig fährt.

Sie freut sich am Wienerwald, an der Luft zwischen den Stämmen, da sagt es von vorne: »Schön da!« Ebenso staunend hat sie das Gleiche neulich zu einem griechischen Busfahrer gesagt.

»Schaut es bei Ihnen so ähnlich aus?«, fragt sie. »Nein«, sagt der Fahrer, dort wo er herkomme, aus der Türkei, beinah schon in Asien, gäbe es keine solchen grünen Wälder.

Als der Mann jetzt einmal zu reden angefangen hat, redet er immer weiter. Er erzählt von seiner kleinen Tochter, die gerade ins Gymnasium gekommen sei und sich nicht auskenne mit den vielen neuen Lehrern, die alle Aufgaben gäben.

»O ja«, das kenne sie auch gut, sagt sie und erzählt von den Schwierigkeiten ihrer eigenen Kinder angesichts des unüberwindbaren Aufgabenberges vor den Augen der 10jährigen, dass sich diese Hilflosigkeit gäbe, wenn die Neulinge erst begriffen hätten, dass sie immer zunächst die Aufgaben für den nächsten Schultag erledigen müssten – »immer für den nächsten Tag«, wiederholt sie, »und ja nicht nach ihrer Leichtigkeit«, wiederholt sie. Und ob er schon die Klassenlehrerin besucht habe? – Die würde sich freuen, wenn er käme oder seine Frau – dann wüsste sie, wie umgehen mit diesem Mädchen, dessen Lebensumstände sie sonst nicht begreifen könne, und könne ihr so besser helfen.

Der Mann vorne nickt ihr zu. Und sie begegnet im Rückspiegel seinen offenen Augen.

Wie sie ihn versteht, auch wenn sie selbst immer unter Kastanienbäumen und Flieder gelebt hat.

Der Taxifahrer spricht weiter und weiter von seiner Schulzeit, die nur zwei Jahre dauerte, von einer Lederfabrik, in die er schon mit dreizehn oder vierzehn – das weiß er nicht mehr so genau – eintrat. Er sagt: »Hier ist alles anders mit den Kindern, vielleicht ist es gut, dass es so anders ist, aber ich kann es nicht verstehen.«

Jetzt ist sie es, die dem Taxifahrer im Rückspiegel zunickt.

Da – sie sind angekommen!

Sie zahlt. Der Fahrer ist ausgestiegen und streckt zögernd die Hand aus, um ihr aus dem Auto zu helfen. Als er ihre Schwäche merkt, packt er fester zu.

Dann verabschieden sie sich mit vielen Segenswünschen, mit Nicken und leisem Kopfbeugen, ohne einander die Hand zu geben.

»Was für ein schöner, orientalischer Abschied«, sagt sie sich, während sie die Glocke der Ärztin läutet, und schaut dem anfahrenden Wagen nach.

1. 2. 2011

Wichtigkeit der Datumsangabe.

Den Luftballon noch an der Schnur festhalten, sein buntes Schweben betrachten, ehe er auffliegen, davonfliegen darf.

1. 2. 2011

Nachdenken über meine Darstellungsform:

Manches hier Selbstlaufende wird dann zur Frage. Wie der Gebrauch der Ich-Form. Wenn ich ›ich‹ sage, habe ich mich schon von meinem Beimirsein entfernt – entweder in die Abstandshaltung der Reflexion oder in eine willensmäßige Kraftanstrengung: ›ich werde‹ oder ›ich sollte nicht‹.

Wie verkehrt ein Mensch mit sich selber? In der nebeligen Randzone zur formulierten Sprache, wo er »ich« heißt, in Bruchstücken von Sätzen, vielleicht in einer anderen Art infinitiver Neu-Form?

Übrigens: In der Ich-Form kann man auch im Nachhinein über sich erzählen – auch eine Art von Festschreibung.

1. 2. 2011

Nachmittags Telefongespräch mit meinem Lektor. Ich sage ihm, dass sein zustimmendes Verstehen meiner Schreib-Absichten für mich eine Art Erlaubnis bedeutet, fortzufahren.

Aufhebung meiner Einsamkeit von klein auf, in deren Raum alles erlaubt war, weil es im Grunde keinen anderen betraf – Existieren in einer lähmenden Einschicht.

1. 2. 2011 21h

Da ich nun schon beim Hinterher-Denken bin:

Warum schreibe ich nie über die, die mir am nächsten

sind? Über meine Kinder und Enkel, über dieses Hin und Her von Miteinander und Auseinander, Hinübergreifen dorthinein, wo es schmerzt. Über das fraglose Nahsein und über die Reibungspunkte, die abzuschleifen keinem von uns gelingt?

Dahinter ist kein bewusstes, kein gewolltes Schweigen – ich kenne die Ursache dafür nicht. Ist es der Rest der überkommenen bürgerlichen Diskretion? Oder liegt dieser unruhestiftende Familienbereich gar nicht in meinem eigentlichen Lebenszentrum, wie es sich oft anfühlt?

Vielleicht werde ich in meinem Sterben allein sein, auch wenn sie eng um mein Bett stehen.

Aber das glaube ich nicht. Es ist vielmehr, als wären sie als Anwesenheiten da, einzig wirkende Kraft, ohne Stimme und ohne klares Gesicht.

Wie früher die Engel, als sie noch »Kräfte und Mächte« hießen und dem Körperlichen enthoben waren ...

2. 2. 2011

Alles falsch, was da steht, und doch auch richtig.

2. 2. 2011, 9h

Was da steht, ist schön, aber wohl falsch, wie alles in meinem Schreib-Leben.

Eine Annäherung.

3. 2. 2011

Mit geschlossenen Augen dem Gleiten des Zuges hingegeben, ortlos, zeitlos.

Dann beim Fenster hinausschauend, das Gleiten, Versinken der Häuser, an denen sich die Augen festzuhalten suchen.

Aber dieses Zurückgleiten da draußen ist der eigentlichen Vorwärtsbewegung entgegengesetzt. Schwindel, Übelkeit.

Wann werde ich lernen, dass diese immer von neuem auftauchende und versinkende Welt jetzt die meine ist und vielleicht nicht gefährlicher als die gewohnte Starre?

4. 2. 2011, 8h früh

Wie manchmal vor dem inneren Auge Lebensstrukturen erscheinen, die des eigenen Daseins, und sie tauchen aus einem Nebel auf und versinken wieder.

Jenseits der Nachdenklichkeiten.

Der Buddha, der bei mir mitwohnt – oder darf ich bei ihm wohnen?

Diese ein wenig plump geschnitzte massige Holzstatue von einem, der gelassen dasitzt und doch ganz hingerichtet ist, hineingenommen. Ich sitze oft in seinem Schatten.

Wenn ich das nachgiebige Holz berühre, dort wo das Herz ist, spüre ich, wie ein Strom zu meinem eigenen Herzen fließt und es warm und weich macht.

4. 2. 2011, 12h

Flussabwärts an diesem ersten, sonnenverhangenen Vorfrühlingstag.

Der gegen die letzten Eisplatten sich bäumende Kamp, über dem Rauschen von oben das Sirren der Meisenrufe.

Erwartung in der Luft, in der Weite des Feldes, in seiner ersten Ahnung von Grün, in jedem hochstrebenden Zweig.

Die Enkelin würde zeitig zum Frühstück kommen und sie danach zur Sehhilfen-Beratung quer durch Wien führen.

Die Enkelin ist pünktlich wie immer. Beim Frühstück, die Großmutter hat sich damit besondere Mühe gegeben, verkündet sie lachend, dass sie nach den beiden gestrigen Uni-Prüfungen die Nacht durchgefeiert habe und erst um halb sechs heimgekommen sei.

Nein, die Großmutter müsse keine Sorge haben, sie sei ganz aufgekratzt, die Augen würden ihr erst zu Mittag zufallen. Auf der Fahrt unterhalten sie sich über kluge Dinge, aber ihre überkorrekte Enkelin ist heute sehr forsch: sie fährt schneller als sonst, wechselt manchmal unversehens die Spur und bedankt sich dann mit Lächeln und Nicken bei dem jäh abbremsenden Fahrer hinter ihr, der ebenso freudig zurückwinkt.

Beim Einparken wird ein Schild fast umgefahren, aber eben nur beinah.

Und die Großmutter genießt das kleine Abenteuer.

Was ist aus der Alten geworden?

Die überbordende Freude der Begleiterin, als sie doch noch die passende Leselupe finden –

Geliebt zu werden …

Von der Langeweile

Damals war sie ein Kind. Zehn oder elf Jahre? Die Strafe war, dass sie dableiben musste. Nicht mit in den Prater durfte. Kein Autodrom, nicht die Lustschauder auf der Teppichrutsche, nicht der Schießstand, wo sie es den beiden Brüdern schon bewiesen hätte ...

Das macht nichts, denn sie hat gesiegt, hat sich nicht entschuldigt für einen Satz, der doch die reine Wahrheit aussprach. Und jetzt sitzt sie auf der Schaukel, schaukelt hin und schaukelt her und liest.

Aus dem Bücherschrank der Eltern hat sie sich ein grüngebundenes Buch geholt, es ist von Homer und heißt »Die Ilias«. Vom Homer hat sie schon einmal reden hören, er ist wichtig, denn mit ihm fängt alles Gedichtete an.

Das Buch ist unbeschreiblich langwierig, langweilig. Sie kann nichts darin finden, was sie angehen würde. Nicht die Rüstungen, nicht das Streiten und Kämpfen, die Streitwagen nicht und nicht die seitenlange Aufzählung der Schiffe im Hafen. Aber sie sitzt auf der Schaukel und liest immer weiter und lässt sich hin und her treiben, auf und ab, und kann nicht aufhören, obwohl sie möchte, hypnotisch ist das, und sie weiß nicht, was da mit ihr geschieht.

Sie liest noch immer, als sie endlich das Türenschlagen hört und die anderen zurück sind und sie endlich von der Schaukel steigen darf und stumm an den anderen vorbeigeht, denn sie hat gesiegt.

Die Langeweile von Kindertagen.

Im Bootshaus, im angeketteten Boot sitzen und vor sich hin auf die sanft sich hebende Wasserhaut starren, und manchmal springt ein kleiner Fisch.

Als das Kind sich endlich losreißt und ins Haus zurückläuft, ist der lange Nachmittag fast vorbei.

Die schimmernden Glaskugeln ins frisch gegrabene Loch schießen, wieder und immer wieder, das Klicken der Kugeln, wenn sie zusammenstoßen, der leise Laut wie ein Aufseufzen, wenn sie in der Grube verschwinden. Nicht aufhören, ja nicht heraussteigen aus der Eintönigkeit.

Die Krim. Da war sie ein halbwüchsiges Mädchen. Das ist also auch schon ein ganzes Menschenalter her. Damals fuhr sie fast täglich am frühen Morgen, lange vor Schulbeginn, mit ihrem Fahrrad auf den »Grund«. Der »Grund« war ein sehr ausgedehnter Obst- und Weingarten, der in ein ihr unendlich scheinendes wogendes Wiesenmeer überging.

Der Weg zwischen ihrem Zuhause und dem Paradies dieses Gartens führte durch die Krim. Das war damals ein altes Arbeiterviertel, das von Villenbezirken eingekesselt lag. Sie fuhr durch die lange Zeile, die undurchdringliche Gegenwart der schmutziggrauen Zinshäuser mit den immer festgeschlossenen trüben Fenstern, keine Menschenseele auf der Straße, kein Laut aus den Häusern. Hier war es nicht schön und auch nicht hässlich, nur von einer lastenden Andersartigkeit, die sich dem Urteil verweigerte.

Schon beim Durchfahren der Gasse zog sich ihr Herz ein wenig zusammen in einer ängstlichen Erwartung: denn jetzt wurde es leer rundherum und da stand gewaltig als mächtiger grauer Block die Fabrik, aber es war ein leises Murmeln zu hören und zu spüren, das nicht aus dem Bau, sondern unter ihr aus dem Boden zu dringen schien. Sie war froh, wenn sie an der Festung vorbei war und jetzt durch die zwischen Gärten hingleitende Allee fuhr, wo hinter Holzzäunen und vielem Grün freundliche kleine Häuser standen. Und sie nicht mehr das gewichtlose Gespenst zwischen erdrückenden Mauern war, als das sie sich gerade noch gefühlt hatte.

Das Gemisch aus Abwehr und Faszination vor einem so Anderen. Und wie unter dem Gewicht der Langeweile wartet auch jetzt tief begraben ein dunkles Etwas, für das sie keinen Namen hat.

Im Laufe der Jahre ist Schluss mit der flinken Durchquerung, mit dem erschreckten Blick auf das drohende Andere: Man hat es gelernt, im grauen Quartier zu wohnen. Unlesbarkeit der nahen Welt, die mich nicht einlässt. Befremdend?

In der Roten Bucht. In den heißen italienischen Sommern stiehlt sie sich manchmal nach dem Trubel der Strandvormittage und der verdösten Siesta gegen Abend, wenn sich der kühlende Wind gehoben hat, aus der fröhlichen Gruppe der Jungen. Allein geht sie den Pfad den jetzt verlassen liegenden Morgenstrand entlang, durchquert ein Feld voll wildem Gestrüpp, muss über Felsen hinabsteigen und ist angekommen in der kleinen einsamen Bucht.

Sie sitzt auf ihrem Felsvorsprung und schaut über die Fläche des jetzt beinah schwarzen Meeres. Sie sitzt und schaut den Wellen entgegen, wie sie angelaufen kommen, schäumend andrängen, an den Stein klatschen und sich mit leisem Gurgeln zurückziehen, um der nächsten andrängenden Platz zu machen, und die wieder einer nächsten, und wieder und wieder.

»Wie schön das ist«, redet sie sich zu und versucht, den gelernten Raster über das Andrängende zu stülpen, aber was schön sein soll, zerrinnt unter den stoßweisen Angriffen der jetzt höheren Wellen, die einmal grauweiß daherrollen und gleich wieder drohend grün, in immer kräftigerem Anschlagen, und doch nie ihre nackten Füße netzen.

Sie sitzt und schaut den Wellen entgegen, bis sie hypnotisiert ist von diesem steten Anrollen und Zergehen, bis sie untergegangen ist in dieser ungeheuren Wassermasse, bis die Minuten zergangen sind und dann die Stunden.

Und sie wartet. Darauf, dass das Sichtbare, das doch ein Geheimnis ist, sich endlich öffne, dass die Frage, die sich nicht auszusprechen weiß, Antwort fände, dass sie, endlich, wirklich und wahr sähe, was da vor ihren Augen ist.

Später, da geht sie den Strandweg wieder zurück und das Sprechen ist ihr auch wiedergegeben, kommt zum gleichmäßigen Schlagen der Wellen der Satz »Wohin denn ich«, und der Satz kommt wieder und wieder.

Jahrzehnte später, und da ist sie lang schon erwachsen, eine Theateraufführung in Hamburg. Sie sitzt im Zuschauerraum und schaut auf eine Bühne, deren Boden mit einer Art schleimigen Gels bedeckt ist, sodass die Spieler sich darauf wie Schlittschuhläufer bewegen, sie gleiten und rutschen und verlieren manchmal das Gleichgewicht und fallen hin, dann lachen die Zuschauer wie befreit auf, denn sie kennen sich nicht recht aus mit diesem Shakespeare-Stück, das sie vielleicht oft schon gesehen haben, aber in einer ihnen vertrauten Form.

Es ist, als wäre der Vorgang dort oben eingefroren. Zu den isolierten, zeitlupenlangsamen Bewegungen sagt manchmal einer einen Satz vor sich hin, als wäre er an niemanden gerichtet. Jedes Ausgesprochene steht einsam für sich und scheint trotz der Vereinzelung wie ohne Bedeutung.

Was soll das?

Sie sitzt, schaut, hört hin, die Viertelstunden vergehen und dann vielleicht die Stunden, ein paar Mal will sie aufstehen und gehen wie einige neben ihr, aber sie kann es nicht, sie sieht und hört und versteht nicht und hat sich einfangen lassen. Plötzlich geht es ihr auf: der Mann, der sich das so ausgedacht hat – aus Boshaftigkeit? Um sie alle zu foppen? – dieser Regisseur spielt mit ihrer Langeweile. Was soll sie hier lernen, das ihr noch unbekannt ist?

Wie sehr sie auch Sehnsucht hat nach den Klassikern,

sei es die an Sophokles oder auch an Tschechow erprobte alte Spielweise, die das Zerbrechen der alten hehren Weltschau, sei es an eigener Menschenschuld, sei es am Eingreifen der Götter, zum tragischen Thema hatte und sich am Ende verklärte in einer vielleicht nicht auszusagenden, aber geahnten größeren Ordnung, diese Erlösung ist ihr jedoch jetzt genommen in der Bestätigung ihres Gefangenseins.

Wie unter einem Urteilsspruch verlässt sie endlich erschöpft das Theater, und der Eindruck dieses Abends wird sich halten, auch wenn sie später erlebt, wie in Serien von Ehedramen und schwarzen Komödien diese Spielweise zur Technik, zur Masche verflacht.

Fremd, fremd, fremd. Allein und fremd. So sagt es immer wieder. Und kein Ausweg.

Hellhörig geworden.

Ein Freund macht sie auf jene Stellen in den »Pensées« von Pascal aufmerksam, die vom »ennui« handeln, also von der Langeweile, die jedem Veränderungsdrang, jedem Bewegungsstreben des Menschen zugrunde liege. Nichts als heraus aus dem jetzigen Zustand, sei es auch in eine Katastrophe oder in den Krieg.

Die Angst vor dem, was Pascal das »néante« nennt. Der Freund meint, man könne dieses Wort auch mit »Nichtigkeit« übersetzen, aber das Lexikon gibt als erste Bedeutung das »Nichtexistierende«, das Nichts.

Damals im Krieg. Als die russischen Soldaten ins Miethaus, wo sie Zuflucht gefunden hatte, eingedrungen waren. Jetzt wüteten sie in der oberen Wohnung. Dort oben war ein Brüllen und Zerschlagen und ein dumpfes Schieben, als müsste jeden Augenblick die Decke über ihnen nachgeben. Dann plötzliche Stille – vor ihrem eigenen Fenster sah sie ein rotes Sofa vorbeischweben. Ein schwerer brauner Tisch folgte, ein altdeutscher Lehnstuhl, dann hagelte es Kleinzeug, porzellanene Stehvasen, Lampen, ein Nachtkästchen. Als wäre ihre Schwere aufgehoben, schienen die Stücke in der Luft stillzustehen, als hätten sie ihre Körperlichkeit verloren.

Für einen Augenblick ist es in ihr totenstill, dann kann sie den Höllenlärm von oben umso deutlicher hören.

Aus ihrer schwelenden Angst heraus muss sie laut auflachen. Die Welt steht still für einen Augenblick und ist schön, bevor sie die Todesangst wieder an der Gurgel packt, denn gleich werden die Soldaten auch an ihre Tür schlagen, und da ist schon ihr Hämmern.

Die Erfahrung mit Graphiken von Helmut Federle: Eine neue Schönheit geht ihr auf, wo lange nur scheinbare Belanglosigkeit war.

Die Langeweile des allmählichen Sterbens. Sie ist alt genug, dass sie schon einigen dabei zusehen musste.

Im Wartezimmer. Warten und weiter warten. Das Gegenüber zu nah, eine Hauswand im Blick. In Reihen graustumpfe Fenster, nur eines steht offen, ein Vorhang verbirgt das Zimmer dahinter.

Warten, tropfende Minuten. Warten, auf das eine geöffnete Fenster starren. Vielleicht schiebt dort einer den dünnen Vorhang beiseite, oder eine Katze, die aufs Fensterbrett gesprungen ist und sich nun räkelt, ehe sie sich zum Schlafen niederlässt.

Als sie nach zwei – oder sind es drei? – Stunden aufgerufen wird, erhebt sie sich nur zögernd, um ins Arztzimmer zu gehen.

Sie wird nie erfahren, ob dort drüben endlich eine Hand erschienen ist, die den Vorhang zurückzog, ob die getigerte Katze sich auf dem Fensterbrett sehen ließ.

4. 2. 2011

Jeden Tag Lichtspiele vorm Einschlafen. Hinter den geschlossenen Lidern tauchen Gesichter auf und Figuren.

Nie gesehene Fremde, die Gesichter verwandeln sich wie durch Zauberei, aus einem Lächelnden wird eine zornige Fratze und dann ein treuherziger Hundekopf.

Jedesmal beim Schlafengehen freue ich mich auf diese Kinovorstellung.

5. 2. 2011 1h nachts

Aufwachen mit dem Aufriss für dieses entstehende Buch, diese Topographie eines Lebensabschnitts, eben des letzten: und es steht klar vor Augen, dass als dritter Reflexionsblock nach dem »Schreiben« und der »Langeweile« einer über das, was etwa ›Religion‹ heißen könnte, sich aufbauen muss. Aber Religion ist ein zu enger Begriff, er fesselt dieses Hinüberschauen, Hinausverlangen ins Namenlose, und bindet es fest an überlieferte Formen.

5.2.2011

Die unpersönliche dritte Person zu benutzen statt des ›Ich‹, ermöglicht es, Aussagen zu machen, die in der ersten Person selbstreflexiv vielleicht narzisstisch klängen, während beim Gebrauch der dritten Person eine allgemeinere Gültigkeit durchschimmert (vielleicht nicht so sehr Bescheidenheit, als ein breiterer Geltungsanspruch).

9.2.2011, 2h früh

Es gibt Augenblicke, da weiß sie, dass sie ihr Leben blind lebt. Ein im Nebel verlorener Tiefflieger, dessen Maschine plötzlich durch ein Sonnenloch rast, ehe ihn das Wattige schon wieder verschluckt hat.

Diese hellen Sekunden sind die einzigen, in denen der Pilot das Dröhnen seiner Maschine hören kann, deren lautlosem Gleiten er sonst anvertraut ist.

12.2.2011

Was diesen alterstrüben Tag erhellt für Minuten: Das Glas Orangensaft, das die Helferin Cvijeta unversehens hereinbringt, das Schrillen des Telefons, vielleicht ist's eine liebe Überraschung, und es macht auch nichts, dass es nur der Elektriker ist, ist auch etwas anderes, schon am frühen Nachmittag die Aussicht auf das abendliche Glas guten Rotwein und am meisten das frohe Erwachen nach einem hellen Schlaf, der mich um 4 Uhr in meinem Arbeitssessel übermannt hat.

15.2.2011 2h früh

Gute Tage, starke, gesunde. Die kleinen Arbeiten fließen aus der Hand, im Garten ist das Schneiden des widerstrebenden Strauchwerks eine schöne Mühe, ein atemvertiefendes Abenteuer. Den Stand bewahren im abschüssigen Gelände: ein kleiner Triumph.

Das Leben spüren, wie es durch alle Zellen fließt.

Warten, wie der wachsende Körper der Erzählung sich gebiert.

Mitten im Gespräch allein sein mit dieser aufdämmernden vagen Gestalt des Buches.

15.2.2011

Was sie immer wieder vergisst: Dass sie eine alte, eine sehr alte Frau ist, eine abschreckende, als mahnende Erscheinung vielleicht, die Abstand halten sollte wie eine mit einer ansteckenden Krankheit, deren Zeichen weithin sichtbar sind.

Sie geht auf der Kreuzung auf den nächsten zu und bittet um seine Hilfe zum Hinüberqueren, sie lässt sich von einer anderen Kundin im Supermarkt das Preisschild vorlesen, das sie schon lange nicht mehr entziffern kann.

Offenen Blicks geht sie den anderen entgegen und trifft auf ein ebenso offenes Entgegenkommen, das das Anstehende gleich löst.

Als wäre sie zurück in einer Kinderwelt, ohne Verhaltensgesetze und Umgangsregeln, in einer Welt, in der sie als Kind nicht sein durfte, wie wir alle nicht. Und sie vertraut, nicht allen, aber vielen, wie Kinder manchen Kindern trauen.

Kein Grund sich zu schämen als kindische Alte.

15.2.2011 20h

Sie müsste sich große Sorgen machen über einen, der ihr nahe steht, in dessen Schicksal sie mit ihren Entscheidungen hineinverwickelt ist.

Vielleicht hat sie Sorge, sie hat jedoch keine schlafraubenden Ängste mehr.

Sieht sie dem Fließenden zu, wie sie, im Theater, einem wilden Shakespeare-Drama zusehen würde? Ist sie herzlos geworden?

Abgestumpfte Gefühle oder: »sub specie aeternitatis«.

Sie ist traurig, dass es so ist. Aber auch das nur in Maßen.

16.2.2011 9 h

Ich habe eine Goldschmiedelupe geschenkt bekommen, mit der ich zur Not wieder ganze Zeilen lesen kann. Mit dieser Sehhilfe, die wie die futuristische Abart eines Motorradfahrer-Visiers anmutet, entziffere ich nun bei jedem neuen Anlauf ein, zwei Seiten in einer 500-seitigen Giacometti-Biografie.

Heute schon gelesen, wie der blutjunge Giacometti,

der gerade in Venedig den visionären Tintoretto für sich entdeckt hat, in Padua auf Giotto trifft. Und gleich darauf auf dem Heimweg gehen vor dem jungen Alberto drei Mädchen her. Und die machttolle Wucht ihrer Gegenwärtigkeit, die sie wie Riesinnen erscheinen lässt, verschlägt ihm den Atem und entreißt ihm, was ihm in der Form des Zeichenstifts bisher als Waffe zur Bewältigung der Wirklichkeit in die Hand gegeben war.

So im Sehen von der Gegenwart der Dinge überwältigt zu sein.

Die Stelle im Neuen Testament, als ein Wunder dem Blinden seine Sehkraft zurückgibt: »Ich sehe Menschen wie Bäume«.

18.2.2011

Jetzt die besondere Tönung einer jeden Begegnung, das »Zum letzten Mal«, der schon wartende Abschied. Beim Pfeifen des vorübergleitenden Zuges, beim Aufflug der Wildgänse, die noch einmal das Flusswasser furchen.

Ein Gefühl ohne Schmerz, allein die hingewandte Gewissheit.

Ich bin sehr glücklich dabei, tief und gefühllos glücklich – wenn es ein Glück geben kann, das nicht über die Oberfläche des Fühlens hinauswächst.

19.2.2011 früh

Durchs vorhangverhangene Fenster kommt milde Helligkeit.

Später, beim Fensteröffnen, das Rauschen des Schmelzwassers von allen Dächern.

19.2.2011

Diese merkwürdige Augenerkrankung, die Macula-Degeneration heißt. Im Gesichtsfeld sind gewisse Objekte für mich unsichtbar, obwohl ich ja weiß, dass sie in der Realität vorhanden sind.

Wenn ich meinen Seh-Ausschnitt um einiges verschiebe, tauchen die verlorenen Dinge wieder auf, dafür sind mir jetzt andere unsichtbar geworden, und nie habe ich das ganze Bild.

19.2.2011 14 h

Widerwilliger Spaziergang im Nieselregen, um für einfallende Texte bereit zu sein.

Beim Fluss treffe ich auf Helene, sie hat ihren Wiener Enkel dabei. Aufgeregt zeigen mir die beiden die von Bibern neu angenagten Uferbäume. Eine neue Kolonie scheint sich da zu bilden.

Beim Weitergehen kommt mir ein Spaziergänger-Paar entgegen. Diese Schemen müssen Freunde sein, denn jetzt erkenne ich, dass sie mir mit ausgebreiteten Armen bergab entgegen laufen.

Bald sitze ich in ihrem Haus, trinke Kaffee und esse ihren Kuchen, wir erzählen und lachen.

Der gerettete Tag.

21.2.2011 5h früh

Die immer tiefer vordringende Verkrustung der Oberfläche: Waschrituale, Essgewohnheiten, Denkschemata, ja selbst das Fühlen in immer engeren Bahnen.

Darunter das Brodeln der Zersetzung und immer unbezwingbarer aufsteigend nie gesehene Bilder, die sich der Sprache verweigern.

Ins Tagleben ausgreifende Nachtträume, die fortgespült werden müssen zwischen Bett, Tisch und Herd. Der vor dem Soldaten geflüchtet ist und jetzt im Firstschluf auf dem Dachboden haust, hat nachts einen grünen Wollsocken auf der Steintreppe verloren. Ich hebe ihn schnell auf und verstecke ihn und wundere mich, weil die Treppe aus altem Holz ist.

Ach, ich bin wieder in dem anderen Haus, das einmal meines genannt wurde!

»He«, sage ich zu mir, »bleib da!«

Jenseits der Mullvorhänge draußen die milchige Helle eines Nebeltages oder einer Weltgeburt. Das Zimmer drinnen ein purpurnes Fließen, als regnete es in purpurnen Strähnen.

21.2.2011 6 h früh

Eine Masche hat da einer am Strickstrumpf fallen gelassen.

22.2.2011

Schlampige Verhältnisse: Sie steht auf, wenn sie ganz erwacht ist, das kann um sieben Uhr oder um neun oder zu ihrer Verwirrung auch um zehn Uhr, und manchmal schon um sechs Uhr früh sein.

Einer der fortgeht auf der Landstraße, die zwischen gelben und falkenbraunen Feldern läuft.

Wie er so fortgeht auf der schnurgeraden Straße, wird seine Gestalt kleiner und noch kleiner, und er sieht sich nie um.

Sich selbst verloren gehen.

22.2.2011, 18 h

Ein junger Mann, aus einer Künstlerfamilie, er selbst scheint sich und anderen schon von kleinauf zum Zeichner geboren. Eine behütete Jugend, der 19jährige lebt bei Verwandten in Rom, studiert ein wenig Malerei und Skulptur, unternimmt Kunstausflüge – die Facetten des verwirrenden Jungseins, Liebesanfänge.

Auf einem Zugausflug lernt der Junge einen alten Holländer kennen, Gespräche, schöne Gespräche, Abschied nach zwei Stunden.

Monate später erscheint in einer großen italienischen Zeitung eine Anzeige, einmal, zweimal, dreimal. Darin sucht ein alter Niederländer den italienischen Kunststudenten, dem er auf einer Zugfahrt nach Paestum begegnet ist, und lädt ihn ein, ihn auf einer großen Kunstreise zu begleiten.

Dem römischen Onkel, dem die fette Anzeige in die Augen stach, geht ein Licht auf, und sein Neffe kann sich gleich an den interessanten Menschen damals im Zug erinnern.

Soll er sich melden? Die Familie stellt Nachforschungen an, dieser alte Holländer ist Junggeselle und Leiter des Staatsarchivs.

Der lebensgewandtere Bruder warnt: Ein alter Homosexueller sei da auf Fischfang.

Der Junge, um den sich alles dreht, beharrt auf seinem Wunsch: Man wird sehen, wie sich die Dinge entwickeln. Dazu hat er von seinem Maler-Vater 1000 Schweizer Franken mitbekommen – »für den Notfall«.

Der Alte und der Junge treffen sich also irgendwo an der italienisch-schweizerischen Grenze; das Abenteuer kann beginnen. Der holländische Herr hat einen überraschenden Wunsch. Italiens Schätze können noch ein bisschen warten, zuerst möchte er, der Niederländer, die reine Alpenluft genießen: Nach Madonna di Campiglio soll es gehen, das damals wohl noch ein Kuhdorf war und gerade einer Handvoll Alpinisten bekannt.

Auf der Fahrt dorthin, die neu angeknüpfte Bekanntschaft ist erst wenige Stunden alt, ist der Herr sehr einsilbig, bald ist ihm so übel, dass er sich im klappernden Postbus kaum aufrecht in seinem Sitz halten kann.

Endlich das Wirtshaus, endlich die Zimmer, und dann sitzt Alberto am Bett des kaum bekannten Mannes, der sich vor Schmerzen krümmt und schreit und schließlich das Bewusstsein verliert.

Ein Arzt wird geholt, nach kurzer Untersuchung kann er nur sagen, dass dieser Fremde sehr sehr krank sei, noch in dieser Nacht werde er sterben, sein Herz werde schon schwächer und schwächer.

In den Nachtstunden sitzt der Junge am Bett des Fremden, des Sterbenden, mit dem er erst einige Sätze gewechselt hatte, sitzt im schwachen Schein der Nachttischlampe auf seinem Holzstuhl und schaut auf den im Bett, der sichtbar vergeht, nickt manchmal ein und schreckt dann auf in der Gewissheit, dass dieser Mann, den er begleiten sollte, schon tot ist, aber der atmet noch schwach. Die Minuten tropfen, Wachen und Einschlafen, und dann ist der Mann tot.

In den Morgenstunden die Polizei. Ein überraschender Tod, eine merkwürdige Situation, ein roter Fleck auf der Brust des Toten: Der junge Begleiter muss bleiben, wird bewacht, ist dem Unverständlichen ausgeliefert, bis die Umstände sich endlich klären und Alberto fort kann.

Fort! Nur fort! Nach Italien. Von einem Ort zum anderen, von einem Museum, einer alten Kirche zur anderen, Betäubung in der Kunst. Bis endlich der letzte der 1000 Franken verbraucht ist und die Heimreise zu Vater und Mutter angetreten werden kann.

Später, da waren Jahrzehnte seit diesem Ereignis vergangen, hat Alberto Giacometti einmal gegenüber einem Freund erwähnt, dass er seit dieser Nacht nur noch bei Licht schlafen könne.

25.2.2011, 10 h

Meine hölzerne Buddha-Statue: sie sitzt gelassen, während ich meinem Tageslauf nachlaufe.

Wie damals meine Katze: Während ich beim Kofferpacken bin, schnell schnell, eine Lade nach der anderen, Kinderhemden, Kindersocken, Kinderjacken, liegt sie mit halbgeschlossenen Augen in ihrem Lieblingsstuhl; etwas von ihrem unbeeindruckten Beisichsein fließt zu mir herüber.

6.3.2011, 9 h

Der allmähliche Rückzug aus der Außenwelt geschieht fast unmerkbar: Wird er unterstützt oder hervorgerufen? Durch das immer schnellere Versagen der Sinnesorgane, durch das Nachlassen der Bewegungsermöglicher, Muskeln und Sehnen und Bänder; und ist schmerzlich nur dann, wenn die Trauer der beobachtenden Nächsten spürbar wird.

Denn unabhängig von alldem ist am Grunde dieses Geschehens eine Konzentration, ein Sich-Sammeln – jedoch wüsste ich nicht zu sagen, woraufhin.

Das Glück der letzten Jahre, sich nicht mehr überall auskennen zu müssen, nicht für alles eine Antwort bereit haben zu müssen.

Leider erkennen die anderen diese besondere Qualität

der Alten nicht und erwarten von ihnen scharfe Urteile und präzise Einsichten.

Es tut mir leid, meine Lieben!

15.3.2011

Was hier steht, stimmt mit den gelebten Wirklichkeiten nicht zusammen: Die Sexualität, die nie eine bewusst gestellte Frage war, sondern ein sich immer anders äußerndes praktisches Problem, ist mir auch jetzt keine Frage, sondern das immer von neuem staunen machende Vorfinden der beiden Urkräfte, der Zeugungskraft und der Gebärmacht, und zwar in allen Bereichen.

Und mit der Religion ist es so, dass sie einmal eine brennende Frage einschloss: Nämlich die meiner Einbettung in ein Ganzes –heute brauche ich darauf keine Antwort mehr. Weil mir das Fragen zergangen ist.

18.3.2011

Krank. Bronchitis.

Woher das Gefühl unverwundbarer Stärke, einer Lebendigkeit, die dann auf Stunden überschwemmt wird durch eine den Körper auszehrende Abgeschlagenheit?

Die versagenden Knie und der noch immer herrische Kopf. Jetzt hätte ich stattdessen fast »bestärkende Seele« hergeschrieben.

Sich verloren geben?

21.3.2011

Wie soll einer diesen Splittertext lesen?

Wohl so wenig konsekutiv, wie er geschrieben wurde.

22.3.2011

Die Wiederholung in den Schubertliedern, die nicht aufhält, sondern bestärkt.

Wie das »Thema« in der Musik, das durchzuführen ist, das in immer neuen Variationen wiederkehrt, das umspielt und verbreitert wird und sich – manchmal – auflöst in einer umfassenderen Harmonie.

23.3.2011

Vor der immer noch umschwiegenen Weltkatastrophe in Japan erlebe ich, wie mir alle Bewältigungsstrategien versagen. Ausgeliefert. Man kann noch die Augen abwenden, die Tagesgeschäfte, das Geplauder weiterlaufen lassen, wie es ein jeder versucht.

Im Libyen-Einsatz. In diesem kläglichen Versuch eines Befreiungsschlags sich selbst wiedererkennen, auch ich versuche, die Oberherrschaft zu behalten, gegen alle zur Auflösung drängenden Kräfte. Kraftmeierei.

Und, in meinem engen Bereich, der Verlust der Sprache. Die Kräfte, die von außen andrängenden, die unterirdischen tief aus meinem Inneren, schießen nicht mehr zusammen zu einer festen Form, in die hinein ich mich rette.

Selbstauflösung. Also Tod. Und Übergang in einen nicht einmal zu ahnenden biochemisch angetriggerten Seelenzustand.

Die Welt ist unrettbar verloren. Ich auch. Oder doch n u r ich?

24.3.2011

Verseuchtes Trinkwasser in Tokio? In Fukujima fallen die improvisierten Kühlsysteme mehr und mehr aus.

Vor der Abfahrt vom Franz-Josefs-Bahnhof noch kurz gegenüber im Liechtensteinpark. Die alten Bäume noch kahl, sie geben Raum zum Atmen und füllen ihn.

Im neuen Gras die ersten Primeln.

Leben, solange der Atem geschenkt ist.

Ich werde weiterschreiben.

Der Berber-Teppich:

Erst in der Erinnerung leuchtet die Nomadenwebe in ihrer reichen Lebendigkeit.

Zwar war ihr Farbenschimmer schon für den ersten Blick da, sandgelb und rot, dessen Leuchten die dunklere Beimischung einer Erdfarbe dämpft.

Und wenn man das Linienspiel Zeile für Zeile verfolgt, hie und da ein schmaler Streifen Grün. Nicht unser Waldgrün und nicht berstendes Wiesengrün, sondern gedämpfter, als hätte es sich seinen Weg ans Licht erst bahnen müssen.

Die strenge Auflage einer Webe: Das Fadengerüst lotrecht und waagrecht, Zeile auf Zeile; das ist Gesetztes und bildet auch ab, wie ein Leben vor sich hinlebt. Tag um Tag und Stunde um Stunde im Anschlag das Weberschiffchen, im Herzschlag.

Das könnte Gefangenschaft sein und ist doch Freiheit im Drüberspielen, im Wählen der Farben.

Und dann als Geschenk des leichten Seins – auf der strengen Linienfolge, wie Schmetterlinge hingeweht, an beliebigen Punkten eingeknöpft, alles, was farbig leuchtet und dem Weber kostbar ist: Stoffstückchen und glänzendes Seidengarn. Als festlich Überhöhtes.

Das Leben ist sehr schön.

24.3.2011

Bahnfahrt entlang der Donau. Sich vorstellen, dass dieser Fluss atomar verseucht wäre.

Trotzdem?

Trotzdem.

29.3.2011, 4.30 Uhr

Ein merkwürdiges Kopfgefühl.

Als könnte, vielleicht nach dem Schlag einer Explosion, die Kernschmelze in meinem Gehirn eingetreten sein.

Wie immer im halbwachen Zustand die rasch wechselnden Gesichter von Menschen, von Unbekannten. Während ich zusehe, wie sich ein Gesicht zu einer Fratze verzerrt und schließlich noch nie gesehene, noch an Menschen erinnernde Züge annimmt: Rüssel und Schnauzen, Stielaugen, bin ich auf einmal unsicher, ob ich nicht schon gestorben bin und jetzt die Wirklichkeit einer anderen Welt erblicke.

Die Alltagsereignisse, die banalen, die jetzt in der Allee der Erinnerungen monumentale Bedeutung gewinnen, nur durch ihre Tatsächlichkeit, ihre hallende Gegenwart. Nichts von symbolischer Durchlässigkeit.

Ebenso beim Berührtwerden durch einen Nächsten, er ist nah und zugleich ungreifbar weltenweit entfernt. Selbst der Schmerz darüber ist jetzt nur eine Erinnerung.

30.3.2011

In die Weite des Parks: Plötzlich reißt es dort oben auf zur außerirdischen Weite, strömende goldene Himmelsbläue. In der nur Göttinnen wohnen dürfen und Götter, und an solchen Tagen wie heute ein wenig auch wir, die wir gebunden sind, heute jedoch beschwingt, beschenkt mit Flügeln.

30.3.2011

Die barocken Freskenmaler und Watteau, sie haben ebenfalls gesehen, was ich heute sah. Einverständnis, durch ein geteiltes Geschenk.

30.3.2011

Der Frühling ist für mich die fremdeste Zeit. Verwundert sehe ich all diesem Drängen und Treiben, diesem Hervorstoßen des Blühens aus dem Nichts zu.

31.3.2011

Telefongespräch mit dem Lektorfreund über dieses Buchprojekt. An seiner noch auf meine alte Auffassung bezogenen Sicht wird mir noch klarer, dass die scharf umrissene Form, die ich vor mir sah und auf die hin ich geschrieben habe, inzwischen versunken ist.

Noch ist der neue Körper erst zu ahnen – ich spüre dieses ständige Ziehen, diese Bewegung auf eine mir unbekannte Gegend zu.

Nichts Festes da, nichts Körperhaftes also, sondern so, wie ein Fluss eben sein Fließen ist. Kräusel und Wirbel an seiner Oberfläche, die sichtbar sind und wieder vergehen.

31.3.2011, 21h

Es gehört Mut dazu, sich diesem Fließen zu überlassen. Vielleicht auch nur Vertrauen.

3.4.2011

Das Schmelzen des Himmels, das Fließen der Zweige vom Singen umhüllt. Die Süße der Frühe.

5.4.2011

Das Märchen von der Frau Holle. In den Brunnen gestürzt und drunten die andere Welt, die so tut, als wäre sie unserer gleich. Aber doch ist hier ein anderes Licht.

5.4.2011, 10h

In eine Stille gegangen, die die täglichen Ereignisse nur kräuseln.

Es ist mir fraglich, ob diese Stille je sprechen will.

7.4.2011 2h früh

Gestern hat mich die Bemerkung einer Freundin dazu gebracht, zum ersten Mal über meinen Zustand wie eine Draußenstehende nachzudenken, ihn wie in einem medizinischen Fachbuch aufgezeichnet eben als einen Dauerzustand zu begreifen. Bisher lebte ich ja von einer Gegenwart zur nächsten.

Im letzten halben Jahr sind mir zugestoßen: ein Knochenbruch, dann nach dessen Heilung ein schwerer Sturz: Prellungen, Zerrungen, eine große Kniewunde die Folge, die einen Spitalsaufenthalt nötig machten, dann eine schwere Bronchitis mit einer beginnenden Lungenentzündung. Vorgestern ein Stolpern auf glatter Straße, das einen Bänderriss am Knöchel zur Folge hatte, und knapp vorher jener merkwürdige Schwindelanfall beim Mittagessen mit dieser Sekunde, als es mich wie ein plötzlicher Schlag auf den Kopf traf, nur dass dieser Schlag nicht von außen einbrach, sondern aus dem Inneren meines Kopfes kam. Nachher bin ich wohl eine Weile wie benommen dagesessen; als ich dann zu mir zurückkam und um mich sah und alles noch da war und wie immer war, die Lampe, drüben das Bild, die roten Tulpen so nah, habe ich vorsichtig begonnen, erst jeden Finger zu bewegen, dann die Zehen. Ich scharrte mit den Füßen, hob die Arme, in denen ich noch immer Messer und Gabel hielt, schließlich wagte ich es, den Mund wie zum Sprechen zu bewegen, dann einige Wörter zu formen, lautlos, weil Cvijeta gleich nebenan war, in der Küche, und hier um den Mund glaubte ich einen leisen Widerstand zu spüren.

Dann saß ich eine Weile bewegungslos da, ehe ich begann, langsam das kalt gewordene Gemüse und den Fisch aufzuessen.

Dann bin ich in meine gewöhnliche Tagesroutine zurückgekehrt, wenn auch noch über ein, zwei Tage ein Fremdheitsgefühl blieb, als wäre ich aus meiner Welt getreten und sähe mir selber von außen zu, und der Garten unter dem hellen Himmel und die noch laublosen dunkel heranwellenden Hügel waren fast unerträglich süß.

Gleich nachher bin ich wie geplant nach Vöslau gefahren und habe dort in einem Kinderzeit-Frühling gelebt, so vollkommen schön auch an einem grau verschleierten Regenvormittag, dass gar nichts anderes möglich war, als sich ganz in dieses Austreiben und Blühen hineinzugeben. Fragloses Kinderglück einer jeden Stunde, selbst noch im Schlaf.

Und beinahe habe ich darin vergessen, dass ich mit der elektrischen Lupe, die mir zunächst so half, nun, zwei Monate später, auch kaum mehr lesen kann.

Diese Vorbewusstheit des Kindseins, dem jetzt meine Nachbewusstheit entspricht.

Ein Ausgeliefertsein, das ein Hineingenommensein ist.

11.4.2011, 2h früh

Und auch die Drastik der täglichen Ereignisse.

Hineingestoßen in einen Zustand, der, von der Talsohle der jüngeren Lebensjahre her gesehen, ein Ausnahmezustand ist.

Als sollte mir, wie einer jeden Alten, etwas gesagt, nein, gezeigt werden.

Aber wir haben so sehr damit zu tun, den Kopf über Wasser zu halten, dass wir die Frage überhören müssen.

Zuviel ist zuviel, lieber Gott.

Ich spüre, wie sich auf meinem Gesicht jener Ausdruck hilfloser Verwunderung ausbreitet, den ich bestürzt an meinen Altersgenossen sehe.

Pariser Totenlieder:

Im barocken Palais, das jetzt schon lange ein Museum ist. Darin sieht man auf dem Gemälde eine Frau, sieht man die runden Blumensträuße auf den Tapeten, sieht man einen Stuhl, dieser Barocksessel schwebt näher.

Heran treten auch der Rosenstrauß auf dem Seitentisch – ich berühre ihn leise – und die gemalten Blumensträuße auf den gemalten Tapeten, und die Rankenketten auf dem Grün der gemalten Vorhänge, und zwischen dem allen die gemalte Frau, sie ist klein und groß, sie ist lebendig und tot wie der blitzende Salzstreuer auf dem gemalten Tisch.

Und was, wenn der stumme Mann neben mir, seine Augen aufhebend, mich wiederfände dort oben, unter dem Volk des Wandbildes, wie ich, mit den gemalten Harlekinen, mit den weißgekleideten Damen, zu ihm schön hinunterblicke, zweidimensional, von weit her, herüberreichend aus einer Heiterkeit, mit fremdem Atem atmend, der in schnellen Stößen die Brust hebt und senkt.

Als sie ins nächste Schauzimmer tritt, steigt sie in einen Lichtteich, im Fluten nehmen die geblendeten Augen allmählich die vergoldeten Möbel wahr, und die Wiederholung der himmelsfarbenen Deckenmalereien dort drüben, oben ist unten oder unten oben, von weitem erblickt sie eine verschwimmende Figur, schließlich erkennt sie sich in dieser kleinen Figur – ein Spiegel! Die Gestalt steht vor schwarzer Tiefe, die schließlich zur Türöffnung wird.

13.4.2011

Diesen Text habe ich vor mehr als 30 Jahren, vielleicht auch vor 40 Jahren geschrieben. Jetzt war diese Stelle da, so gegenwärtig, als könnte ich sie auswendig sagen.

Ich musste das alte Manuskript lange unter meinen Papieren suchen, ich suchte immer hektischer und war wie erlöst, als ich es endlich, mehr durch Zufall, fand.

Vom Anderen

Endlich bin ich angekommen in dem mir zugewachsenen Leben. Fragenlos. Ohne Sehnsucht.

Was habe ich so lange gesucht? Manchmal denke ich meinem früheren Leben nach, um darin die Spur des Ersehnten wiederzufinden.

Sie war unten, in der Stadt, und hat eingekauft, allein: Ein wenig Obst, Trockenfrüchte, die Zahncreme, der Ausflug zurück ins Alltägliche war nicht so lustig-farbig ausgefallen, wie sie sich's ausgemalt hatte, dort oben am Hochplateau, in diesem gottverlassenen Kuhdorf, das sie sich für ihre drei einsamen Wochen ausgesucht hatte, warum gerade dieses, weiß sie nicht mehr.

Jetzt geht es zurück, in der winzigen Seilbahngondel ist sie der einzige Passagier, sie schaut hinunter auf vorbeischwebende Tannenspitzen, sie fürchtet sich ein bisschen, dass die alte Seilbahn hängen bleibt. Sie spürt die Panik heranschleichen.

Aber da ist ja schon ganz nah der Wiesenhang und die

Gondelstation, schon ist sie draußen und muss sich wieder gewöhnen an festen harten Boden.

Die Maiwiese ist übersät mit weißen Schaumblüten, »Seifenkraut« sagt sie zu sich und weiß nicht, ob das der richtige Name ist, aber das ist ja gleichgültig.

Weil sie nicht versteht, was die Wiese soll und die Unzahl an Blüten, sie versteht nicht, warum jetzt ein Windhauch die grüne Fläche vor ihr zum Wellen bringt, sie versteht nicht, warum sie dasteht und dem Wiesenwogen zusieht, und warum ist sie überhaupt hier und warum wird sie in zwei Stunden in ihrer Kammer auf dem harten Bett liegen und nicht einschlafen können und was soll das Ganze, und bevor sie heimfährt in acht, nein schon in sechs Tagen, muss sie das wissen, das schwört sie sich, sie muss nur mit aller Kraft darüber nachdenken, mit aller Kraft, und wenn sie es weiß, wird endlich alles gut.

Damals, viel früher, als die Fünfzehnjährige am Meeresufer dem Hergischten und Fortsirren der Wellen zusah, heran und fort und herlaufen und weggesogen werden und immer so her und hin, her und hin, das Gewiege macht schwindlig, als sie sich endlich losreißt und geht, den Strand entlang und noch immer das Anklatschen und Fortzischen der Wellen, die hier an die Felsklippen schlagen, und dazu wiederholt die Stimme im Kopf »wohin denn ich«, »wohin denn ich«, und sie wiederholt es im Takt der Wellen wieder und wieder: »wohin denn ich«.

Damals war der Krieg angekommen in ihrer Stadt, vor ihrer Haustür.

Die Schüsse waren seit Wochen zu hören gewesen. Erst, von weit weg, die russische Artillerie, später Maschinengewehrfeuer. Da konnte man noch in der Frühlingssonne zwischen den Weinbergen spazieren und auf die Silhouette der Stadt hinunterblicken, die von hier oben noch immer fast heil aussah, obwohl sie gerade beim Durchqueren ihrer Gassen eine neue Bombenruine um die andere entdeckt hatte.

Und heute waren einige Gewehre zu hören gewesen, nahe. Sie wünschte sich, als könnte ihr Wünschen das sicher Hereinbrechende aufhalten, noch zwei sonnige Tage, die in derselben regungslosen Unbewegtheit hängen sollten wie dieser heutige. An das, was dann kommen musste, wagte sie mit ihrem Denken nicht zu rühren.

In der Nacht darauf, sie schlief nur leicht, obwohl diese Nacht still war, eine lauernde Stille, rüttelte sie ihr Vater wach und legte ihr gleichzeitig die Hand auf den Mund. »Die Russen sind da, komm.«

Sie hatte halb angezogen geschlafen; während sie jetzt Rock und Schuhe anzog, beugte sie sich aus dem Parterrefenster. Unten, die Hauswand entlang, pirschten Soldaten in einer lautlosen Reihe vor, eine Armlänge tiefer sah sie im Nachtschimmer auf eine Kette von Stahlhelmen.

Sie würden jetzt, schnell schnell, in den Betriebsbunker flüchten, wo schon viele Menschen die Nächte verbrachten.

Gerade als sie, Vater, Mutter und sie, aus der Haustür traten, wurde plötzlich die Stille zerfetzt, Gewehrschüsse, ganz nah, Maschinengewehre, ein Kettenrasseln, das näher kam.

In dieses Bersten und Krachen hinein rannte sie und zog die Mutter mit. Sie hatte vergessen, wie weit es bis zum Bunker war.

Dann war es, als hörte das Schießen und Schreien auf, keuchend blieben sie stehen. Der Vater war nicht mehr da.

Darüber konnte sie nicht nachdenken, denn das Schießen hatte wieder angefangen und kam jetzt von allen Seiten.

Sie waren über ein zerbombtes Fabriksgelände gelaufen, jetzt standen sie vor dem Gärtnerhaus, dessen grüner Grund wie eine Halbinsel zwischen den Lagerhallen und

Holzstößen lag. Sie konnten nicht weiter, so zog sie die Mutter mit durch die Tür. In der Küche die alte Gärtnersfrau, die stumm, zitternd in einem Winkel hockte.

Dann zersplitterten die Fenster. Das Häuschen bebte. Die alte Frau war die erste, die einen Entschluss fasste. Sie schlich voran, wenige Schritte über den engen Hof, der Brennholzstoß, den sie vom Hinüberschauen kannte, dahinter eine hölzerne Falltür, die alte Frau deutete darauf in dem Höllenlärm, sie selbst hob die Tür an einem Eisenring, und über eine Hühnerleiter stiegen sie hinunter in ein Erdloch. Es war ganz finster drunten, als sie die Falltür schloss und sich mit eingezogenem Kopf weitertastete. Unter ihren Schuhen spürte sie, nein, roch sie den gestampften Lehmboden, sie tastete sich die drei Schritte weiter. Da kollerte etwas weg, sie begriff, dass sie im Vorratskeller der alten Frau, in ihrer Kartoffelmiete waren.

Das Schießen klang hier gedämpfter, die beiden anderen hatten sich in den entferntesten Winkel zurückgezogen, von dort hörte sie sie leise flüstern.

Sie selbst blieb am Fuß der Leiter sitzen, sie musste allein sein.

Die folgenden Stunden Warten erfüllt von schrecklichem Getöse. Mit der Zeit lernte sie unterscheiden, was dort oben vor sich ging. Die Maschinengewehrsalven kamen regelmäßig, unterbrochen von etwas wie Atempausen. Von der Straße her etwas, was wie das Rollen von Panzern klang, dann eine andere Art von Einschlägen, die die nahe Erdwand zum Schaudern brachten. Helles Fliegersurren, das waren die tieffliegenden russischen Jagdbomber, die schon in den letzten Tagen immer wieder auf die noch nicht eroberte Stadt heruntergestoßen waren.

Und dazwischen ruhigere, unheimlich ruhige Zeitabschnitte. Dann hörte sie manchmal von oben gehetzte Männerstimmen, die flüsterten miteinander. Es klang manchmal deutsch und manchmal russisch, sie war sich dessen sicher.

Der Fabriksgrund oben schien heftig umkämpft zu sein und wieder und wieder den Besatzer zu wechseln.

Sie hatte Angst, dass in einer der Kampfpausen ein Soldat, der hinter dem Holzstoß Deckung gefunden hatte, das Erdloch und die Falltür bemerken könnte – sie war sicher, dass der dann eine Handgranate scharf machen und hinunterschmeißen würde, und wartete, dass die Falltür aufgerissen würde und ihr Tod angeflogen käme.

Irgendwann war ein hellerer Schein durch die Türritzen gedrungen und dann war es wieder finster geworden, so war also nach der ersten Nacht ein Tag vergangen, und es war wieder Nacht geworden und noch immer kamen die Schüsse und das Fliegersirren und das Panzerrasseln herunter zu ihnen.

Ihr war, als würde das immer, immer so sein.

Wenn es oben ruhiger wurde, musste sie wohl eingedöst sein, sie wusste nie, wie lange, wenn sie unter einer neuen Bebenwelle wieder zu sich kam.

Sie hatte weder Hunger noch Durst. Den beiden Frauen in ihrer Ecke schien es ähnlich zu gehen. Auch sie flüsterten schon lange nicht mehr, und hie und da kam aus ihrer Ecke lauteres Atmen, als schliefe die alte Frau.

Sie war in einer Verfassung, die sie an sich nicht kannte. Angstlos, weil die Gefahr zu nahe war, um sich zu fürchten. Alles war reine schallende Gegenwart, kein Ausblick vor oder zurück möglich, keine Gedanken.

Jedoch einmal, als es ruhiger war, dachte sie doch. Sie dachte: »Ich müsste jetzt beten. Schnell, schnell noch das finden, wonach ich immer gesucht habe.« Es geht nicht darum, um Hilfe zu bitten, von der sie weiß, dass es sie nicht geben kann, sondern damit in ihrem Leben, das wahrscheinlich schon bald ein vergangenes sein wird, das da ist, was ihr immer fehlte und jetzt erst recht fehlt. Fehlt wie ein amputiertes Glied ihres Körpers.

»Es ist wichtig, dass ich es tue, es ist ganz wichtig. Aber ich kann nicht beten, denn es gibt für mich nichts oder niemanden, den ich anrufen könnte. Ich kann nur mir etwas versprechen, und das schwöre ich mir, wenn ich hier herauskomme, werde ich solange mit aller Kraft suchen nach dem, was mir so fehlt, bis ich es gefunden habe – oder weiß, dass es für mich nichts zu finden gibt.«

Draußen war es endlich still geworden, und es blieb still, als wäre dort oben keine Welt mehr. Durch die Ritzen fiel wieder eine Tageshelligkeit.

Es dauerte eine Weile, bis sie sich ein Herz fassten und aus ihrem Loch krochen. Draußen war alles Verwüstung, die Obstbäume der Gärtnerin zerfetzt, ihr Häuschen zerschossen. Dazwischen saßen in kleinen Grüppchen Soldaten, es waren Russen, sie saßen zusammengesunken oder lagen im Schutt und waren zu erschöpft, um aufzublicken, als sie und die Mutter vorbeischlichen, um den Vater zu suchen.

Als wieder Friede ist, ein Aufatmen möglich nach den ersten Wiederbeheimatungen, der Ersatzwohnung, dem neuen Paar Schuhe, der wieder nährenden Nahrung, macht sie sich auf die Suche und gibt dann auf, weil sie nicht weiß, was sie suchen soll.

Dann eine Traurigkeit, die sie im Griff hält und eine Lähmung für lange Zeit.

Schließlich ein Zurückkommen, ein Beruf, eine Ehe, Kinder – und diese ganzen Jahre hindurch hält sie Ausschau, und das Warten ist immer noch da.

Und dann:

Es ist ein merkwürdiger Zustand, in der unsereiner (oder nur ich?) jetzt lebt: einerseits sind die Tagesstunden mit dem Notwendigen ausgefüllt, das Waschen am Morgen, das Essenbereiten, die allernötigsten Handgriffe im Haus und im Garten füllen jede Minute – wie bei einer im Busch oder im Eis lebenden Eingeborenen, die wenig Kraft übrig hat für das, was über die Lebenserhaltung hinausgeht (und doch das, was sie schöner schnitzt und webt, als es sein müsste) – dieser durch das Notwendige angefüllte Tag und, wenn man von anderswo darauf schaut, dieses Immer-Warten.

Warten auf etwas, wofür ich keinen Namen habe, denn es hat zwar mit meinem Tod zu tun, aber ist nicht mein Tod.

Es scheint jetzt, als wäre dieses Warten auch schon den anderen Lebensaltern eingeschrieben gewesen – vielleicht nicht der Kinderzeit – aber der Jugendliche kennt es und es geht über seine Tag- und Nachtträume von berauschenden, unerhörten Selbsterhöhungen, von Sehnsüchten nach maßlosem Geliebtwerden und Lieben himmelweit hinaus.

Wenn später die Träume kommen vom Zuhausesein, das über jedes Daheimsein hinaus jenseits ist von allen Sehnsuchtsbildern, dem von einem kargen, bukolischen Leben in Griechenland oder meinetwegen auch von der Einsiedlerklause hoch in den Felswüsten von Nepal, lässt einer allmählich seine Traumbilder zergehen – denn das ist es ja nicht, was er meint, dann vergehen die Sehnsuchtsbilder und die eigene hautnahe und darum raue Wirklichkeit des Tages bleibt.

Und dieses heimliche Warten ist immer noch da.

Wie es etwa wäre, wenn einer plötzlich genug hat von allem, was um ihn ist und in ihm, wenn er sich zurückzöge an einen Ort, wo andere in einer Art von klösterlicher Abgeschiedenheit, ein jeder für sich, vor sich hin schweigend, den Tageslauf leben mit den nötigen, das Dasein ermöglichenden Tagesarbeiten, kochen, Wäsche waschen, das Haus, den Garten versorgen. Dies alles teilen und dazwischen lange, sich scheinbar ins Unendliche dehnende Stunden des Alleinseins dasitzen, daliegen, erst grübelnd bis zur Erschöpfung, dann nicht mehr denken, Leere. Jeden Morgen die Gänge kehren, in der dunklen Küche

Gemüse putzen und schneiden, es dauert lange, bis die Köchin endlich sagt, dass es genug ist.

Nach der Mahlzeit, bei der kräftig gegessen und wenig gesprochen wird, in der kleinen Kammer sich aufs Bett fallen lassen, sich der Rast hingeben und wieder nichts denken.

Den Nachmittag über im Garten, jäten, immerzu muss ein Beet ums andere gejätet werden, dann Himbeeren pflücken, Abendessen, bald traumloser Schlaf.

Auf einmal das Leichtsein bemerken, das Fragenlose und auch das Nicht-Nachfragen.

Es ist schon gut, wie es ist.

All das Suchen und Finden und Wiederverlieren.

Ihr ist, als habe sie ganze Bibliotheken durchackert und öfter noch die Texte nur überflogen, immer auf der Suche in Werken von Philosophen und Theologen, von Propheten und Lebensklugen.

Und es gab Stationen. Zwei-, dreimal schien es, als wäre sie an einem Ziel angekommen. Etwa in einer Religion, mit der Zeit jedoch waren deren so sichere Antworten zu festgeschnürt, um das aufzunehmen, was sie wie etwas im Dunkeln Wartendes ahnte.

Sie war langsam hinausgeglitten aus Formen und

Ansichten und dem Suchen danach, und erst allmählich wurde ihr klar, dass sie nichts vermisste, sondern in einem Zuhause angekommen war.

Sie war doch immer schon zuhause:

Ich habe nicht gewusst, warum ich als Kind an jedem frühen Abend, bevor es aus dem Haus zum Nachtmahl rief, in den Stall musste. Dort standen die müden Zugpferde in ihren Boxen und kauten Hafer.

Ich kletterte aufs Fenstersims über der Futterkiste und von dort oben sah ich auf die Reihe der breiten Pferderücken hinab, die in den durch die fliegenumsummte Fensteröffnung hereinfallenden letzten Sonnenstrahlen glänzten. Manchmal klapperte irgendwo leise ein Pferdegeschirr, wenn eines der braunen Pferde seinen Kopf nach mir wendete. Es war sehr still im Stall, trotz der Fliegen, und ich saß da und hatte alles vom Tag vergessen; hier war Gegenwart.

Ich weiß nicht, wie lange ich damals im Zeitlosen saß. Irgendwann kletterte ich vom Fenstersims, öffnete die schwere Stalltür und schloss sie wieder und ging den fliedergesäumten Weg heim, saß mit den anderen beim Nachtmahl und alles war wie immer und vielleicht auch nicht.

Später, viel später begriff ich, dass ich damals im Stall glücklich war, und noch später, dass das tiefe Glück nicht immer von einer Aufwallung der Freude begleitet ist, sondern farblos sein kann wie Wasser.

Nachher ist es sehr merkwürdig: Es sind alle Probleme noch da, die man mit anderen und vor allem mit sich selbst herumtrug, und doch ist alles vollkommen anders, als reichten Wurzeln in einen tiefen Grund, den Kälte und Stürme und Dürre niemals erreichen.

Für Augenblicke weiß sie, dass es so ist; war ihr deswegen Ludwig Wittgenstein immer wichtig gewesen, als Philosoph und vor allem als Person?

Sie hatte manche seiner wenigen Freunde, seiner Verwandten gekannt und noch nach Jahrzehnten den prägenden, bestärkenden Einfluss dieses Menschen an ihnen gespürt, eines Menschen, der bis in seine Grundfesten unglücklich scheinen konnte und gebeutelt, erschüttert, immer den Abgründen ganz nah.

Dieser Ludwig Wittgenstein hatte einmal, als ganz junger, ein Volksstück von Anzengruber gesehen. Da sagt der Steinklopfer Hans: »Es kann dir nix g'schehn.« Und es fiel dem Jungen wie Schuppen von den Augen, da war er angekommen in einem Immergeborgensein und einer letzten Sicherheit, was die um ihn immer fühlten, wenn er sie auch mit seinen strengen Urteilen und absurden Befehlen, die aus seiner Verwurzelung in einem Unbenannten wuchsen, mit einem unwidersprechbaren Auftrag aus ihren Wohnstätten in eine äußere Ungeborgenheit trieb.

Ich habe nie jenen Brief von Ludwig Wittgenstein vergessen, in dem er seinem Freund Engelmann den Tractatus erklärt. Es sei doch einfach: Indem er alles aussage, was sich sagen ließe (ohne zu schwafeln), bleibe im Mittelpunkt das unsagbare Andere ausgespart und trete als Umschwiegenes erst recht ans Licht.

Ach, könnte ich das doch auch von meinem Schreiben sagen.

Ich weiß es noch immer nicht:

Was habe ich gesucht und was habe ich gefunden?

Finden, ohne das Gefundene bei seinem Namen zu kennen. Oder habe ich nur das Suchen verloren?

Ich traue diesem neuen Frieden noch nicht; es könnte ja auch sein, dass ich nur zu müde geworden bin, um nicht einzig in meinen alltäglichen Tatsächlichkeiten zu leben.

Oder muss ich erst lernen, dem zu vertrauen, was mich jetzt so alltägliche Wege zu führen scheint?

16.4.2011

Mein Schreiben erfolgt jetzt schon seit einigen Monaten auf diese Weise:

Die Texte werden, wie sie nach einer langen Embryonalphase nach und nach hervordrängen, in Blockschrift festgehalten. Das ist die Schriftart, die die einfühlsame Schreiberin am leichtesten entziffern kann.

Die groß und fett ausgedruckten Computerseiten kommen zu mir zurück – wenn ich mir mit Brille und elektrischer Lupe unter einer zusätzlichen Leselampe große Mühe gebe, ist es mir möglich, hie und da einzelne Wörter darin zu entziffern oder aus Silbenfetzen zu erraten.

Aber dann kommt der Vorleser, ein freundlicher, älterer Mann, noch lange kein alter, der mir nun langsam Satz für Satz vorliest, was ich neulich geschrieben habe und nun, manchmal erstaunt, als mein Eigenes wiedererkenne.

Dem Vorleser folgend, kann ich nun korrigieren, hier ein Gemeintes verdeutlichen, dort eine unnötige Ausschmückung streichen.

Dabei muss ich den Lesenden manchmal zu einem mechanischen Vortrag mahnen, dann nämlich, wenn er in den Text eingetreten ist und nun dessen Sinn folgend voll Teilnahme zu sprechen beginnt. Das Erstaunliche ist die schlafwandlerische Sicherheit, mit der ich meine Verbesserungen diktiere: Es ist, als stünden die Sätze in ihrer ausgeformten Integrität vor mir. Und ich, die Schwachsichtige, müsste nur zu ihnen hinüberschauen, um ihre gereinigte Form ablesen zu können.

Und wenn ich nicht schreiben könnte? Dann würde ich vielleicht Veilchensorten in meinem Garten säen, oder wilde Päonien, von denen gibt es so viele Arten auf der Welt, oder nur nachmittags ein wenig spazieren gehen, wenn die Sonne scheint, und den Begegnenden ins Gesicht schauen, das ich schon lange nur noch als hellen Fleck erkenne.

16.4.2011, 22.30h

Ich bemerke, dass mich meine Umgebung ein wenig zur weisen alten Frau, freilich eine mit einigen närrischen Gewohnheiten, aufbaut.

Diese Einmischung hätte mich noch vor kurzem sehr dabei gehindert, mein Leben unbefangen vor mich hin zu leben. Inzwischen ist diese Meinung der anderen keine

Leistungsanforderung mehr, sondern ein wenig rührend und sehr oft komisch.

18.4.2011, 6h früh

Überschießende Bilderfülle, die mich in der vergangenen Nacht immer wieder erwachen ließ. Das einmal Erlebte formiert sich zu klar gezeichneten in Worte gefassten Skizzen, die ich sofort hinschreiben könnte.

Was für ein reiches, von Farben überquellendes Leben meines war und ist!

18.4.2011, 7h früh

Ich bin froh, dass ich so alt geworden bin: erst in den letzten Jahren löste sich der konventionell-freundliche Abstand zu meinen Kindern auf – und es wuchs stattdessen eine echte Nähe, der eine Gewissheit des Liebens und Geliebtwerdens zugrunde liegt.

Geschenke, die ich empfange, eine Zuwendung im Gesehenwerden, vielleicht umgekehrt auch Geschenke, die ich jetzt geben kann. Ich hoffe es.

21.4.2011, 10h, Lovran

Jetzt eine Musik anders hören. Sie anhören, als würde sie in diesem Augenblick geboren, und zwar aus mir. Dabei die Verfassung des sie zur Welt Bringenden deutlich mitfühlen, ohne Sentimentalität und nicht sich einfühlend in einen anderen, sondern selber in der Verfasstheit des die Musik von Augenblick zu Augenblick Gebärenden.

Vor dem Anblick einer Landschaft fallen mir oft Bilder ein, als Möglichkeit, wie einer das malen könnte, und jedes dieser Bilder ist ein Versuch, die quälende Unbeschreibbarkeit des Umgebenden, sein Da-sein, sein bloßes, eigenschaftsloses Da-sein durch die eigene bestimmte Sehensweise in den Griff zu bekommen.

Heute die schwarzen Zypressen vor dem morgenlichten Meer – ein Jugendstilgemälde.

24.4.2011, 2h früh, Lovran

Abends, beim Heimkommen von der belebten Uferpromenade, Lärm und Bewegung in der Hotelhalle. Mit Tanz wird der Osterabend gefeiert, lachende Gesichter und

Rufen, die beiden Kellner und die Empfangsdame lachend dazwischen.

Später, im Zimmer, die Tanzmusik von unten, über dem Wummern der Bässe Freudenschreie und ungeschicktes Jauchzen wieder und wieder, in meinen unruhigen Schlaf hinein.

Als ich wohl Stunden später wieder ganz aufwache, noch immer Stimmen von unten, eine aufgeregte Frauenstimme, die in immer neuen Ansätzen versucht, etwas zu erklären, manchmal der Einwurf eines Mannes.

Am geöffneten Fenster ist die Frauenstimme noch da, jedoch jetzt weit weg; unten auf der Terrasse liegt schwaches Licht einer einzigen Nachtlampe. Eine Bewegung. Ein weißes Hemd, ein Kellner, der jetzt ein Tischtuch entfaltet und langsam über die Tischplatte breitet, es lange zurechtklopft und glättet, ehe er zum nächsten Tisch tritt, langsame Bewegung wie eingefroren in Stille. Drunten ganz nahe das wartende Meer, das man beinahe vergessen könnte. In Schwärze.

Die nächtliche Terrasse wie ein Gemälde von Vermeer.

Ich bin froh über solche immer wieder entdeckten Seh-Verwandtschaften: Nicht allein in der Welt.

25.4.2011

Diese letzte Woche auf Urlaub mit meinen Kindern, die in zwei, drei Jahren auch schon Pensionisten sein werden.

Entspannte Stunden zwischen Meer und Karstbergen. Beim Fischessen und im neuen Gras, auf Thymianpolstern, Sonne und Wind auf den Wangen. Tief unten und doch nah, der blaue Spiegel des Meeres.

Ich ertappe mich immer wieder dabei, wie ich, herausgerufen durch ihre Fragen, von meinem alten Leben berichte und dabei wieder von den alten Gefühlen ergriffen werde. Als sei alles, was mich einmal als das mir Zugewachsene wuchernde Leben gefangen hielt, noch immer eine Umschlingung, wie Efeu, der den Baum würgt.

Und wie früher der Ausblick auf grün sich hebende Hügel, auf kleine Häuser, die andere Leben einschließen, auf eine ihr Geheimnis verschließende Welt.

Wer werde ich sein, wenn ich, bald, wieder dort bin, wo ich »daheim« sage?

25.4.2011, 5h früh

In diesen gemeinsamen Ferientagen war ich immer beschützt: auf dem steinigen Weg war gleich eine helfende Hand da, wenn ich beim Abendessen nach dem Salzstreuer suchte, den ich nicht mehr sah, wurde er mir schnell hingeschoben.

Auf einmal erscheint mir mein übliches Leben wie ein Kriegspfad – ich bin immer in angespannter Bereitschaft …

25.4.2011, 6h früh

Ein Spiegel, in den etwas hineinfällt und versinkt, sichtbar und nicht mehr berührbar. Ein Spiegel, der nichts wieder hergibt.

Ich habe mir das Ende meines Lebens und auch meines Schreiblebens immer als ein allmähliches Einsinken in die Stille, als Verstummen vorgestellt.

Aber vielleicht soll es doch ein jäher Abbruch sein, Absturz.

25.4.2011, 17h, Wien

Jetzt geht es wohl wieder zurück in meine Welt des Alleinseins.

Meine Kinder sagen immer, dass es immer von Früh bis Mittag braucht, bis meine Außenhaut durchlässig wird und sie mich erreichen – und dadurch, aber das weiß nur ich, die innere Gefühlstemperatur absinkt. Dann verwandeln sich die Waldhügel abends nicht in blauschwimmende Inseln, und Musiken klingen nicht so, als wären sie neugeboren.

28.4.2011, 23h

Heute wieder einmal eine jetzt typische Begegnungssituation. Abwehrende Scheu auf beiden Seiten: auf meiner Seite, weil, nachdem ich die gerade gekauften Batterien ungeschickt in meiner Handtasche verstaut habe und nun in der Geldbörse nach den Münzen suche, ich fürchte mit meiner Langsamkeit die Verkäuferin zu ärgern und deswegen noch ungeschickter hantiere. Die wiederum ahnt weitere zeitraubende Komplikationen. Ich glaube eine mühsam unterdrückte Feindseligkeit zu spüren – habe ich doch manchmal schon offene Aggressivität erlebt, etwa im Supermarkt, wenn hinter mir die Warteschlange immer länger wird.

29.4.2011, 9h früh

Nach der gestrigen Behandlung ein Gefühl souveräner Vitalität. Als sähe ich endlich wieder aus meinem in allerlei Makeln gepanzerten Körper heraus.

Dennoch: die Zeichen der körperlichen Auflösung mehren sich, ohne dass ich diese Schwindelanfälle, Muskelzerrungen, das immer häufigere Herzbrennen länger als im quälenden Augenblick beachte.

Das könnte man vielleicht eine Verdrängungsstrategie nennen – oder diese Zeichen sind tatsächlich ohne große Bedeutung, weil ich das kenne, worauf sie deuten.

Nein, ich kenne ES nicht – und glaube zu ahnen, dass der Tod das Ungeahnte meines Lebens sein wird – ich werde hineinfallen und ...

30.4.2011

Es ist, als wäre ich für die Menschen, für die wenigen, die mir noch nahe kommen, nie so interessant gewesen wie jetzt, als Steinalte.

Ich glaube, es ist dieses (beinah!) Unbedingtsein, das das hohe Alter als seinen Kern hat.

Und ich merke auch, wie schmerzlich es für meine Kinder ist, wenn ich in alte Emotionen, alte Gefühlsabhängigkeiten zurückgleite, auch wenn sie selbst davon gar nicht betroffen sind.

2.5.2011, 8h

Die Macula-Augenkrankheit bewirkt, dass dort, wohin ich den Blick richte, die Formen verfließen, sich auflösen in grauem Nebel.

Manchmal jedoch überfallen mich beim beiläufigen Darübergleiten aus den Augenwinkeln präziseste Bilder, die in ihrer Eindeutigkeit bestürzen.

3.5.2011

In den letzten Wochen häufen sich bestürzende Erlebnisse, die mir das Bruchstückhafte meiner Erinnerung vor Augen führen.

Als meine Tochter neulich eine Episode aus den letzten Wochen ihres Großvaters, meines Vaters, erwähnte, erinnerte ich mich wieder, dass er der Krankenschwester aus dem Bett gestürzt war und sich dabei offene Wunden zugezogen hatte. Die Schwester wollte den für sie peinlichen Vorfall verschleiern und erfand dazu eine verwirrende Krankengeschichte und stellte den Vater – der immer wieder von dem heimlich herbeigeholten fremden Mann sprach, der in der Nacht an sein Bett getreten sei und ihn verletzt hätte (es war der nachts herbeigeholte Arzt gewesen, der die Wunden versorgte) – als bedenklich phantasierend dar. Ich sei schließlich dahintergekommen, behauptete die Tochter, hätte mich sehr erregt und eine andere, neue Pflegerin eingestellt.

Diese Vorfälle hatte ich völlig verdrängt, erst jetzt, als sie wiedererzählt wurden, tauchten wie aus einem Nebel alte Bilder und starke Gefühle auf. Warum habe ich diesen damals wichtigen Vorfall völlig vergessen, und welche anderen sind mir noch in einer unzugänglichen Tiefe versunken? Wie konnte ich dieses Ereignis vergessen, während ich mich doch an die Dinge rundum bis zur Webdecke auf dem Zusatzbett für die Pflegerin so genau erinnere?

Und diese sich täglich wiederholende Situation aus meinen Noch-Kindertagen, als ich zwölf, dreizehn, vierzehn Jahre alt gewesen war: am Küchentisch in der leeren, noch toten Küche, es ist ganz still im Haus, irgendjemand hat mir eine Schale Milchkaffee, dazu eine Semmel und Butter hingestellt, ich esse langsam, ich habe noch Zeit, bis ich in die Schule muss, die meisten Semmelstücke verstecke ich in meiner Dirndltasche, es könnte ja doch einer unversehens die Tür aufreißen und vor mir stehen – ich werfe die Semmelbrocken nachher ins Klo, ich will ja nicht dick werden und verbiete mir das Essen; und auf einmal die Frage: wo waren die anderen, Vater, Mutter, der Bruder? Das Mädchen räumte wohl schon in einem anderen Zimmer zusammen. Haben Mutter und Vater schon vorher miteinander gefrühstückt? Mein Bruder ist mir verschwunden, es gibt ihn in dieser Morgenszene nicht, dabei ging er doch erst nach mir auf seinen Schulweg – oder hat ihm die Mutter das Frühstück ans Bett gebracht? Es gibt niemanden mehr, den ich danach fragen könnte, und solche unbeantwortbare Fragen nach dem Gewesenen werden mehr und mehr.

Meine Vergangenheit gehört also nicht mir, und ich kann meinen Erinnerungen nicht trauen, denn da fehlt so vieles, das wichtig ist.

4.5.2011, 11h

Ich merke, wie ich jetzt aus meiner Gegenwart gleite, wenn mich eine Umgebung nicht festhält. Cvijeta, die eine Einkaufsliste will, der Installateur, der den Wasserhahn dichten kommt, die Freundin, die dasitzt und meiner Müdigkeit zuschaut und sich nicht zu erzählen traut, und gelegentlich ein Enkel.

Sie plaudern übersprudelnd von ihren Tagen und zwingen mich so aus meinen neuen Grenzen heraus.

Wenn ich allein mit mir bin, fällt mir etwa ein, dass ich jetzt meine alte Mutter anrufen soll, die schon dreißig Jahre tot ist, aber jetzt ist sie wieder da; und ich ziehe die Nachttischlade auf und taste nach der Perlenkette, die ich als junge Frau im Meer verloren habe.

Noch gelingt es, mich zurückzurufen. Und das Schreiben fließt wie immer – wenn es fließen will. Meine Tochter ist tot auf immer.

5.5.2011, 16h

Ich habe eine neue Mitbewohnerin.

Immer wieder treffe ich im Garten auf eine elegante graugetigerte Katze.

Meine Annäherungsversuche waren bisher erfolglos. Ich mag leise locken oder ein Fleischstück vor mir hertragen, die Tigerkatze lässt mich nah herankommen, um dann zu fliehen.

Dabei bewegt sie sich so langsam von mir fort, dass ihre Verachtung für mich, den Eindringling, aufs allerdeutlichste kundgemacht wird.

Wir werden ja sehen, wer da den längeren Atem hat!

16.5.2011, 18h

Ich bekomme ein schönes Zitat geschenkt: »Getting old is not for sissies.«

Angeblich hat das Bette Davis gesagt; dieser Ausspruch erheitert mich ungemein.

Strobl, 21.5.2011

»Du kannst dir kein Bild von der Zukunft machen« – habe ich das nicht allmählich, nach immer neuen enttäuschenden oder beglückenden Erfahrungen, gelernt?

Und jetzt habe ich mir doch eine Vorstellung von meiner allerletzten Lebenszeit gemacht. Freilich keine, die mit ausgemalten Bildern tapeziert war: als Demente in einem Pflegeheim, oder der Zerfall in einer Krebskrankheit etwa, oder ein jäher Straßenunfall, was ja bei meiner nachlassenden Seh- und Hörfähigkeit recht wahrscheinlich schiene – diese letzten Dinge fallen ja unversehens über einen jeden herein. Ich hatte mir vorgestellt, wie meine immer weiter abnehmende Lebenskraft gegen das Ende hin einen Weg in immer größerer Einsträngigkeit und Eindeutigkeit nehmen würde. Und ich muss zugeben, dass dies eine schöne Hoffnung war.

So zielgerichtet scheint es jedoch nicht zu verlaufen; was ich fühle und denke und tue, ist kunterbunt und verworren wie früher auch, keine klare, das Auseinandertretende zusammenfassende Lebenslinie, sondern verworrene Fäden, und hie und da eine Verknotung.

Ich habe gemeint, dass ich unterwegs bin zur abgeklärten Alten, die über die alltäglichen kleinen Missgeschicke und Unfälle ihres Alltags gelassen hinwegsieht. Jedoch, wenn jetzt der Sohn sagt: »Aber Mutter, deine Jacke hat schon wieder einen Joghurtfleck«, und den Fleck wegzureiben sucht, schäme ich mich noch immer – jetzt, weil ich meinen Sohn zum Schämen gebracht habe.

Und nun, als der bequeme Weg in der zunehmenden Hitze unerträglich lang wurde und das zunächst nahe Ziel in unerreichbare Ferne rückte, habe ich mich schon nach kurzer Strecke nur noch von einer Bank zur nächsten geschleppt, freilich möglichst aufrechten Ganges, bin mit meinem kleinen Rucksack auf die schon von weitem angepeilte Bank gesunken, und als dann die feiertäglich heiteren Dorfbewohner an mir vorbeizogen, ein Familien-Clan, ein Vater mit seinem kleinen das Radfahren lernenden Sohn, und mich ihre zufälligen Blicke trafen, habe ich mir gedacht: »Sie können ja glauben, dass ich schon auf dem Rückweg von einer großen Wanderung bin und hier die erste wohlverdiente Rast einlege.«

Das würde ich nicht gerade als altersabgeklärt bezeichnen.

Als junge Frau habe ich mir immer gewünscht, einmal eine ›unwürdige Greisin‹ oder, lieber noch, eine zornige Alte zu werden, die nach Orten wie Wackersdorf reist und dort mit ihren schlohweißen Haaren zwischen den jungen Protestierenden ausharrt.

Auch diese Vorstellung ist mir zergangen. Soweit reichen die verbliebenen Kräfte nicht, sie reichen gerade noch für schwach glosenden Zorn über manche Verhältnisse. Vielleicht eine Protestunterschrift dann und wann.

In den letzten Monaten habe ich manchmal zu spüren geglaubt, dass ich in eine Art Schwebezustand gerate.

Es waren nicht die plötzlich auftauchenden und ebenso unvermittelt vergehenden Schwindelanfälle, die einen für Augenblicke der Welt entrückten, sondern die über Stunden anhaltenden Zeiten einer Benommenheit, wenn zwar alle notwendigen Tätigkeiten ausgeführt werden konnten, wenn auch freilich mit noch mehr Mühe als sonst, das Gewohnte sich jedoch in einer Sphäre tiefer Gleichgültigkeit abspielte, wenn ich in einem Zustand, in dem keine Angst war, ja nicht einmal Erwartung, schwebte.

Es war ein schönes, leichtes Dasein, das aber am nächsten Morgen schon wieder ausgelöscht war – vielleicht weil mein Körper sich wieder erholt hatte, denn dieses Zurückkommen ist ja jedes Mal wie ein kleines Wunder, das mich freut und auch enttäuscht.

Manchmal denke ich an einen Nachbarn, der schon viele Jahre tot ist. In einem späten Stadium seiner Demenz schien es, als ob der früher ruhig-besonnene Mann von bösen Geistern gejagt wäre, vor denen er fliehen musste und nicht konnte. Nachts erwachte seine Frau davon, dass er vor ihrem Bett stand, mit geballten Fäusten und Panik im Blick; er stampfte auf den Boden, hektischer und immer hektischer, als wolle er fliehen und sei doch gebannt an diesen schrecklichen Ort, den er nicht erkennen konnte.

Wie kann ich also so heiter sein, so im Grunde heiter, als ritzten alle meine vielfältigen Verwirrungen und Ärgerlichkeiten und, ja, auch meine Ängste nur die Oberfläche?!

In solcher heiteren Gelassenheit gehe ich durch einen und durch noch einen und noch einen Tag. Dann verliere ich beim Mittagessen einen Schneidezahn, einfach so. Erst spüre ich etwas Hartes zwischen dem halbzerkauten Gemüsebrei, und dann gleich die Lücke oben im Kiefer. Oh Gott, ich brauche gleich einen Termin beim Zahnarzt in Wien – ich suche nach meinem Telefonbuch, es ist klein und dunkelrot und ich finde es lange nicht – ach!, endlich, hier ist es! Die handgeschriebene Nummer kann ich trotz

Elektrolupe nicht lesen, ich rufe lieber die Auskunft an und lasse mich gleich verbinden – jetzt habe ich meinen Termin und muss nun die Gäste verschieben, die morgen aus Wien kommen wollten. Wo ist mein Kalender geblieben? Die schwere Arbeit, die dort eingetragenen anderen Termine zu entziffern – steht da der Rauchfangkehrer oder die Physiotherapeutin? Als endlich die neue Ordnung für die nächsten drei Tage hergestellt ist, bin ich so erschöpft, dass ich nur ins Bett fallen und dort für Stunden nur daliegen kann – nicht einmal das Radio daneben mag ich einschalten.

Wo ist jetzt meine heitere Gelassenheit geblieben? Hat sie sich nach dem fieberhaften Hin und Her, nach Suchen und Versuchen, nach vier-, fünfmaligem Danebengreifen und schleichendem Gelingen nur gut versteckt? Ich weiß es nicht.

Es gibt kein allmähliches Abscheiden von dieser Welt. Ich schaue auf den sich vor meinen Füßen breitenden See, dessen Wasser am Ufer klarstes Blaugrün ist, auf die Wiesenwelle drüben auf der anderen Seite und die beschützenden Berge, die sich dahinter heben, und mir kommen die Tränen, weil das so schön ist, schön wie die leichten, wie angeflogenen, im Gegenlicht beinahe schwarzen Blätter auf dem Ast über mir – so schön.

An den Abenden höre ich die Klavierkonzerte von Beethoven und nicht, wie sonst so häufig, seine späten Quartette. Ich gebe mich ihrer Kraft hin, die keine Angst davor hat, ihre Gefühle mitzuteilen, Gefühle, die so unbewacht, unzensiert aus ihrer Tiefe kommen, dass einem jede Bezeichnung für sie fehlt. Ich höre sie wieder, wie ich sie damals als junges Mädchen zum ersten Mal gehört habe, als Hoffnung und als Versprechen, jetzt aber mit der zusätzlichen Erfahrung von Scheitern und Sich-Versagen, das dazwischen war. Ich höre sie wie eine Verkündung des Menschenmöglichen und weiß, dass ich von all dem bald auf immer abgetrennt werde. Dieses Wissen lässt das Gegenwärtige noch schöner leuchten und singen.

6.6.2011, 15.30 h

Überrumpelt von neuen Texten. Die Sätze kommen ganz leicht, Schauplätze, Personen steigen aus der Erinnerung auf und sind da, selbst die Form des Ganzen war bald auszumachen.

Ich war krank, lag im Bett, nicht fähig zu schreiben, aber im Kopf waren die Sätze, war Satz um Satz: Abschnitte wurden eingeschoben, Amüsantes, jedoch Unnotwendiges wieder herausgeworfen, immer wieder tiefgreifendere Redewendungen entdeckt.

Wenn eine solche Skizze fertig war, blieb ich liegen mit geschlossenen Augen wie bisher, die Schmerzen waren wieder spürbar, dennoch döste ich friedlich in einer Art Dämmer.

Ich hatte keine Angst, dass ich das Niederzuschreibende vergessen würde, wie sonst, wenn es aus einer sonst unzugänglichen Bewusstseinsecke kam; Einfälle nennt man dieses Hereinfallende eben, und wirklich, als ich es später niederschreiben konnte, flossen die Worte aufs Papier, als läse ich sie von einer Steinschrift ab.

Wie bei Schauspielern, die ihre auswendig gelernten und dann zum Eigenen werdenden Rollen vergessen, wenn sie sie nicht mehr brauchen, sind meine gespeicherten Sätze wie weggeblasen, wenn sie erst auf dem Papier sind, sei es Stunden oder Tage später.

Damals, bei ihrem Sanatoriumsaufenthalt in Davos, saß sie lange in der Totenkapelle, die nahe beim Spital liegt.

Sie saß in dem stillen kleinen Raum und betrachtete das mächtige Fresko an seiner Stirnwand, das vom anderen Giacometti stammt.

Darauf sind überlebensgroß die Toten dargestellt, Männer und Frauen in ihren Tageskleidern, die denen hier den Rücken kehren, schreiten hinein in eine Leere, die von reinem Paradiesesleuchten getröstet ist, und keiner von ihnen wendet den Zurückgelassenen noch einen Blick zu, so gehen sie von den Lebenden fort ins Unbekannte.

Die Fußsohlen der Fortgehenden leuchten jedoch schon in einem goldenen Schimmern.

11.6.2011

Etwas Neues bahnt sich an, und ist doch auch eine Weiterentwicklung: ich vergesse jetzt immer mehr Namen, von Personen, von Gegenden, von Pflanzen, derer ich nur dann gewiss bin, wenn ich ihre Namen schon als Kind kannte: Veilchen und Stiefmütterchen, Flieder und Rose.

An einem Feldrand stehe ich lange vor einer gelbblühenden Kandelaberstaude, von der ich sicher weiß, dass sie keine Königskerze ist; sie trägt, daran erinnere ich mich, einen schönen alten Namen.

Wie es meine manchmal erfolgreiche Praxis ist, versuche ich es mit dem Anfangslaut: Ein B? oder ein M? – gehe jedoch immer wieder dem Anlaut-K der Königskerze in die Falle.

Der nächste Trick ist, sich an den Namen über seine Vokal-Musik heranzupirschen: es müsste dunkel klingen, wie diese Kerzenwüchsige heißen will: ein A oder ein O? Ganz gewiss kein I.

Diese Pflanze ist hartnäckig: durch Tage geht sie mir nicht aus dem Kopf. Und dann fällt mir ihr Name unversehens ein: Odermenning!

Aber das kann niemals der richtige Name sein – er ist zu schwer für dieses zierliche Ding!

Auf einmal scheint meine Welt voll von Namenlosem, mit dem ich mich nicht verständigen kann.

Mit Personennamen kann es jetzt ähnlich ergehen. Als ich meinen Zahnarzt anrufen will, ist auch sein Name gelöscht. Ein anderes Mal fällt mir auf, dass ich den Vornamen eines Langbekannten vergessen habe. Kurt? Oder Hugo?

Die Lücke im Gedächtnis ist quälend, lange probiere ich alle Taufnamen durch; als ich, um der Qual ein Ende zu machen, mit Elektrolupe und Brille im Telefonregister nachschlage, steht da ein Vorname, der so gar nicht zu dem Menschen passt, wie ich ihn kenne – was fängt dieser Bekannte schon mit »Werner« an? So beschließe ich von jetzt an, bei dem mir von irgendwoher eingesagten Namen zu bleiben, und so ist es jetzt auch mit allem sich neu Offenbarenden. So baue ich mir endlich die wahre Welt – oder wenigstens meine wahre.

Es kommen nun herrenlose Namen durch die Luft geflogen: *Cessentica*, *Heu* – die heften sich an ihre zufällig in ihrer Bahn liegenden Personen oder Dinge.

21.6.2011

Ich glaube noch immer nicht an meinen Tod.

16.10.2011

Ich lebe wie unter Wasser, in einer nach allen Seiten abgeschlossenen Welt, in der das Zugreifen sein Ziel oft verfehlt und lastender Widerstand die Bewegungen hemmt. Allmähliches Nachlassen der Kräfte.

Wo bin ich hingeraten? Ich kenne mich nicht mehr aus.

In dem Garten. Der herbstblaue Himmel ist ganz nah, die Bäume schweben.